一路花开

文雪梅◎著

红旗出版社

红旗出版社
HONGQI PRESS
推动进步的力量

图书在版编目（CIP）数据

一路花开 / 文雪梅著.
—北京：红旗出版社，2017.12
ISBN 978-7-5051-4332-6
Ⅰ. ①一… Ⅱ. ①文… Ⅲ. ①散文集—中国—当代
Ⅳ. ①I267
中国版本图书馆CIP数据核字(2017)第259044号

书　名	一路花开		
著　者	文雪梅		
出品人	高海浩	特约编辑	刘德荣
总监制	李仁国	责任编辑	赵智熙
插　图	王　燕	装帧设计	赵志军
出版发行	红旗出版社	地　址	北京市沙滩北街2号
邮　编	100727	编辑部	010-57274504
E-mail	hongqi1608@126.com	发行部	010-88622114
印　刷	大厂回族自治县德诚印务有限公司		
开　本	710毫米×1000毫米	1/16	
字　数	230千字	印　张	15.25
版　次	2017年12月北京第1版	2017年12月河北第1次印刷	
ISBN	978-7-5051-4332-6	定　价	38.00元

欢迎品牌畅销图书项目合作　　联系电话：010-57274627
凡购本书，如有缺页、倒页、脱页，本社发行部负责调换。

序　言

有情趣有色彩的文字芳香

王宗仁

读了文雪梅的散文集《一路花开》，合书，眼前仍然久久不息呈现着两间屋里一亮一息的电灯。一个闪耀在《细节暖人心》里，另一个休眠在《您养我长大，我陪您赏花》中。前者是值班的同事老张考虑到单位住地偏僻，担心夜里换班的张静雅："一个女孩子值夜班，要是黑灯瞎火的，肯定会胆战心惊的"，就故意亮着灯。老张对张静雅说："我女儿也像你这么大，她有时也会在单位值夜班。有灯光照着，有炉火相伴，就不觉得孤单、寒冷了！"后者写的是这样一件让人觉得虽浑身寒气却透心暖的故事：一次白冬雨很晚才回家，远远看见家里的灯黑着，以为父母外出散步了。可是，当她"开灯的时候，却看见他们端端正正地坐在沙发上发呆"。"有些不解，急忙问：'都这么黑了，为什么不开灯呢？'父亲看了看母亲，笑着说：'这不是怕浪费电吗？'原来，父母是为了节省呀！"

作者平心静气地写了两种灯，一亮一息，两种灯现身在夜色的深处，亮着的淹没了夜的黑，犹如圆月缀在云端，被春风解读，被细雨看穿，那是至真至纯的人间大爱。灭了的灯，在黑暗屋角里躲藏，虽无声无息，同样闪烁着温馨的光焰，那是质朴的劳动者朝阳般的美德！

作者如此诗意地对比，写了两个场景中的两个电灯，取材及写的人物有别，但是爱的方向相同。这让我们看出了她是用双眼细心观察生活，又用心用脑融化生活，才提炼出了生活中诗意的美！爱是有方向的，正是这种伸向社会底层、伸向善良人心的爱，我们人类才得以繁衍生息。

文雪梅在散文创作中把眼光放在社会的基层，拓宽她写作的社会文化视野。总有些基层写作者只是一厢情愿地认为，只要把社会基层人民的苦难或生活厄运写出来，才是一种人道主义关怀。他们忽略了基层人民的精神素养和需求。这种肤浅的认识导致时至今日不少基层写作者还一味地渲染贫穷、阴暗和绝望。文雪梅的许多散文写的都是那些面临日常生活挑战的社会底层的小人物，字里行间充满着对这些人的敬重、感恩、眷念和赞赏。也许可以视他们是乡野街巷里的草根，却一点也不卑微。因为他们有追求崇高的情怀，保持着人格的尊严，闪耀着人性、人格的光亮。作者把一个一个很有意思，又值得读者思考的小事串联起来，让这些小人物的所作所为照亮了读者的心灵，使我们分享到真善美的滋养。

《石匠调石，智者调心》里的女孩乐乐，初到一个新单位时，看到并不宽敞的办公室挤那么多人，“叽叽喳喳为一件芝麻小事吵闹个不休，喜欢安静的她总是适应不了。每天，坐在那个固定的位置，自己就像行尸走肉般魂不守舍，无所适从。”怎么办呢？作者告诉我们：“环境不能因人而改变，但我们却可以改变自己，让自己学着适应环境。石匠调石，智者调心。积极地调整心态，自觉适应，生活才会绝处逢生，拥有美好。”

《你手心里有一大把幸福》里李紫涵的左邻右舍，有这样两位老人：一位患白内障拄着拐杖的老太太，70多岁了，独生儿子在京城安家，她不习惯城市生活，又怕给儿子增添麻烦，便和老伴留守在农村。她责怪儿子离家太远的言语里却总是流露着对儿子的惦念；另一位身子佝偻手提着一塑料袋废弃的饮料瓶老人，虽然儿女们对他很孝敬，但因为老伴去世，日子过得寂寞又孤单，每天回到家总觉得缺少什么似的，“连个拌嘴的人都没了！”他感叹：“如果老太婆还在的话，就好了，起码有个说话的、拌嘴的。”作者写道：“没有人面面俱到什么都拥有，拥有了金钱，也许会失去健康；拥有了成熟，就会失去童趣。人生或多或少都会有一些遗憾的事情，若为那些不尽如人意的事情而烦恼，这实在是不明智之举。拥有的才是美好的。你所拥有的，自己看来觉得很平常的，在别人眼里也许就是很珍贵的；你所过的日子，自己觉得是很平淡的，在别人眼里也许就是很幸福的。”

2013年，雪梅出版了散文集《遇见》，我为其作的序中有这么一段文字：“散文的真当然表现在题材真、情景真。其实最重要的是情感之真。情感真必须来源于作者对题材的拓展，对笔下的人和事的互相冲突、纠缠和整合。只有这样的散文才会给读者带来心灵的冲击和震颤。”这次读她的《一路花开》，我明显感到她保持并拓展了这个写作特点。她还是写她所熟悉所理解的人和事，熟悉，笔下才能涌喷感情，感情才能真挚动人。我之所以用了“拓展”二字，是想说《一路花开》中的许多散文，我读着有一种神奇的魅力，让我回味再三。

由红旗出版社、中国妇女报社、人民网联合举办的全国“书香三八”读书活动，是专门为女性朋友倾心搭建的阅读推广平台，致力于“倡导女性阅读，建设书香家庭”。雪梅的《一路花开》正是一本适合现代女性阅读的书，该书分八个篇章，收集了作者近年来创作的99篇文章。雪梅的语言鲜活、明快、温馨，富有情感的穿透力，特别是在表现女性生活的真实、表现情感的准确上很有一番功夫；她的散文突出生活实感，真切而生动，没有虚假的感觉，我把这种感情叫素朴。懂得素朴的作者，她的散文才会写得有情趣有色彩。懂得素朴，才更会选色、分色，运用色彩，更会做到“浓妆淡抹总相宜”。雪梅在凡俗的生活中善于捕捉生活的细节，以一种客观、全面、平和的态度引导女性朋友，在爱情、家庭、事业、教子等方面遇到纠结时如何应对和处理，让现代女性朋友在这些散发着生命体温的文字中，感悟生活激情的跃动。

在今天这个新媒体介入的时代，很多女性朋友喜欢在微信朋友圈、微博上阅读那些碎片化的心灵鸡汤，难以平心静气地捧本心仪的书细读，享受书香的温馨与安宁。但是，我相信，腹有诗书气自华，最是书香能致远，徜徉在有情趣有色彩的文字芳香中，别有一番韵味在心头。

2017年9月6日

于望柳庄

（王宗仁　著名军旅作家，总后勤部创作室原主任，中国散文学会名誉会长。文学创作一级。鲁迅文学奖获得者。）

目 录

第一辑　徜徉在淡淡的花香里

第二辑　做一朵花的知己

第八辑　把自己开成一朵花

第一辑

徜徉在淡淡的花香里

《夏韵》(工笔画)　二等奖　钟立新　四川省内江市第七中学

徜徉在淡淡的花香里

晨露晓风，叩醒帘内的幽梦；浮生花事，惊醒梦中人。总认为，喜欢花的女人大多是有情怀的，如花般鲜艳夺目，芬芳迷人，忍不住让人多看几眼。

花朵，惊艳了时光，温柔了岁月，就像印度诗人泰戈尔所说："花朵以芬芳熏香了空气，但它的最终任务，是把自己献给你。"爱花的女人，心灵是美的。

秋雨连绵好多天，让人欢喜，也让人忧愁，郁闷和不安像一只虫子肆无忌惮地啃噬着张艳艳的心。好在，这秋雨终是个知趣的家伙，天，终于放晴了。

午饭后，顾不得前几天穿高跟鞋脚上磨破的伤口疼痛，张艳艳就忙不迭地拉上闺密出去走走，踏上阡陌紫径，笑对浅秋时光里的美好。

雨后的天空，清澈湛蓝，清新怡人。秋雨滋润后的人们也有了生气，脸上泛起了笑容，欢呼雀跃起来。穿过熙熙攘攘的人群，张艳艳和闺密漫无目的地向前走着。

在宽阔的城市大道两边，嗅着扑鼻的泥土芳香和淡淡的花香，张艳艳看到绿意盎然中有一簇簇红色的花正开得鲜艳无比，花瓣中央还跳跃着几滴露珠，晶莹剔透，在上面滚来滚去，翩跹起舞，闪闪发光，煞是好看。秋阳似火，烈日下，那些花娇艳欲滴，婀娜多姿，真是太美了。不由自主，张艳艳轻轻走近花丛，静静地凝视着一朵朵绽放的花，与鲜花对语，心刹那间舒展开来。

闺密说，现在已经是秋天了，这花还开得如此明艳，很是难得。季节已经掀开了秋日的序幕，秋花虽然没有夏花的灿烂多姿，但同样能吸引人们的目光，一样散发着沁人心脾的馨香，令人陶醉，让人流连。

对张艳艳而言，最喜欢在这样一个云淡风高的日子里，约三五好友或独自出去走走，坐在开满鲜花的路旁，什么也不想，什么也不念，忘记生活的烦恼，只是独对满眼花，静静地享受这片静谧的时光。

与尘世无扰，不再纠缠那些情感的纷纷扰扰，把自己完完全全交给大自然，交给心仪的花，与青山绿水、蓝天白云相拥，在孤独的世界里寂寞、欢喜。这样的日子岂不是很好！

张艳艳想到，上个月搬入新居的时候，一口气买了很多花，绿萝、千手观音、鹅掌柴、茉莉花……绿叶也罢，开花也好，当一抹鲜活的绿扑啦啦地占据了新房的一角时，家顿时有了难掩的勃勃生机。特别是那盆阳台上的茉莉，翠绿的叶，雪白的花朵，幽淡的香，清灵的骨，开得高雅，让人安静。

张艳艳爱花，爱得痴迷。有事没事就喜欢玩弄花草，植物的秉性和气场潜移默化地渗透到她的灵魂深处。她心里更是默默地念叨着，我就是这样任性，别人炒股票、买基金、做微商赚钱都与我无关，我喜欢做自己的事情，看看书，写写字，种种花，也挺好，这就是自己想要的生活。

前段时间，张艳艳忽然感觉案头空空荡荡的，缺少些什么，于是，从好友那里“掠夺”来一盆芦荟，小心翼翼地栽在花盆里，放在办公桌上。每次，工作累了，抬头看看那些生机盎然的枝叶，心里豁然开朗。犹如诗中写的那样：“无奈生于世间，日子真不清闲。与其与人纠结，不如与花缠绵。”

与花缠绵，让花洗涤心灵，一颗疲惫的心变得安静下来，超凡脱俗，与世无扰。花朵本是画，看过的人，一旦入眼，此生再也无法离开。在花海中自由呼吸，挣脱羁绊，飞越千山万水，飞翔在蓝天白云之中，何不是件幸事？

喜欢花的女人聪慧、含蓄，热爱生活，骨子里还深藏着一点点小浪漫，爱花的女人有花的世界。作家雪小禅就是如此。她喜欢侍弄花草，妩媚曼妙的桃花；绽放得艳极了、烈极了的三角梅；不娇媚、不讨好，一身刺满心傲骨的仙人掌；

不沾土、不染尘，不温不火的富贵竹……在她笔下，不说话的花花草草竟然有了灵性，让朴素的日子开成了一朵花。就像她文章中写的那样："用文字腌制时间，煮字疗饥，过鲜衣怒马生活，享受银碗里盛雪闲情，在三生韶光贱的光阴里，指尖上捻花，孜孜以求，散发微芒。"

岁月静好，现实安稳。今生，愿做个与花缠绵的小女子，徜徉在淡淡的花香里，有花和叶的气息相陪，日子一样会过得富有情趣。

《清廉家风　笃竹似锦》（工笔画）
三等奖　王崇钰　四川省宣汉县人大常委会

人间有味是清欢

生活中，与其锦衣玉食忧心忡忡，还不如粗茶淡饭无忧无虑。只要心怀一颗从容之心，慢慢感受幸福，清欢糊汤的日子也能过得如花般美好。就像有人说的那样，那些最廉价的，或许是最昂贵的；那些最普通的，或许是最长久的；最淡然的，或许是最喜欢的。

许欢欢逛超市，见一老太太捏着一撮翠生生的绿菜，呵呵地笑着说："回家，这就给孩子做顿馍糊吃！"一句话，让许欢欢将一段尘封已久的记忆硬生生拉了出来。

在北方，馍糊也叫"糊汤"，是用玉米面做成的一种不稀不稠的粥。如果对城里人来说，粥是一种精细美食的话，那么玉米面糊汤在农村人眼中则是过去离不开的主食了。城里人吃粥吃得很高雅，青花瓷小碗盛粥，再来几碟青丝小菜，一点一点细啜，慢慢品尝，为的不是填饱肚子，而是品尝人间美味。农村人就不同了，下地干活回来，饿得肚子咕咕叫，再没有什么好吃的可以满足味蕾的饥渴需求了，那就来一碗烫嘴的糊汤吧，大口大口地饱食，吃得那叫个痛快！

玉米产量高，适应性强，在许欢欢的家乡是仅次于小麦的主要粮食作物。所以，以粗粮惯称的玉米就成了餐桌上的主角，一年四季，家常早饭就是玉米面糊汤了。

其实，糊汤的做法很简单，待到锅里的水沸腾，一手拿着呈丫字形的叉子，一手抓一把干玉米面，均匀地往锅里撒，一把一把的，慢慢的，锅里就有了稀稠刚好的糊汤。煮熟的糊汤为黄色，飘着淡淡的清香，诱惑人的味蕾。当然了，糊汤还要有小菜相伴。胡萝卜、白萝卜切细拌匀，鲜嫩鲜嫩的，红白相间，晶莹剔透，再加上碗里淡黄的糊汤，不要说品尝了，就是那种色彩看了就会让人垂涎三尺。

出生在20世纪六七十年代的人，对糊汤记忆犹新。每每母亲做好饭，孩子们就在一旁呆呆地瞅着。看着碗里冒着白气的糊汤，闻着碟子里那香喷喷的菜香，早已按捺不住了，便迫不及待地端起碗，拿起筷子狠狠地挖了一大筷子，放到嘴边，想不到，烫得人差点儿跳起来，惹得全家人哈哈大笑。

春暖花开时，各种各样的野菜纷纷占据了农家的饭桌，苜蓿、岌岌菜、核桃花……随便动动手，就有一盘飘香的蔬菜了。院子里春光明媚，鲜花盛开，一家人挤在饭桌旁，细嚼慢咽，吃着糊汤，就着野菜，清香爽口的美味弥漫在唇齿间，随意聊着村里的芝麻小事，那情景好不惬意和温馨。

人间有味是清欢。想想过去的日子里，我们靠着简单的糊汤度日，生活也一样幸福满足。如今，日子好了，我们还有什么不满足的呢？

《韵》（国画）　二等奖
周凡舒　徐州汽车客运东站

记忆美好，一生有滋有味

生活是美好的，每一个难得的相聚都应该好好珍惜，每一个美好时刻都应该深深铭记，每一个感人的瞬间都应该留在记忆深处……记忆美好，让最美的那一瞬间在心中永存。

大年三十的晚上，赵梦菲回到乡下老家，一家人热热闹闹、欢欢喜喜吃年夜饭。当儿女们向父母敬酒时，赵梦菲拿起手机，捕捉了几个镜头，把这新年里最美好的时刻存在手机里，上传了朋友圈。想不到这些照片，竟引起好友们的广泛关注，纷纷点赞。

美好的东西就像一串串闪光的珠子，闪烁在平淡生活中的每一天，围绕在我们的身边，犹如一朵朵鲜花绽放着，花香弥漫，馨香怡人。

日常生活中，在柴米油盐的繁杂里，你可以选一个阳光灿烂的日子，浅尝一杯香茗，倾听一段心仪的音乐，站在阳台凝望窗外美景。初春的天空如水洗过一样澄澈，远山就像一幅徐徐拉开的水墨画，诗情画意，让人浮想联翩。近处的楼群，街上来来往往的人流，尽收眼底。以为自己每天都是那么忙忙碌碌，就像一头不知疲倦的驴子，为了明天马不停蹄地奔波着。原来，美好就在身边，不曾离开。

闲暇时，你可以约几个好友到郊野觅春。溪水潺潺，柳色青青，好一片春光明媚的景色。漫步在田间的小路上，温柔的春风就像婴儿的手轻轻拂过人的脸颊，温暖而轻柔。放眼望去，田野里返青的麦苗如同一层绿毯镶嵌在地表，空气中荡漾着一股泥土的清香。情不自禁，你会拿起手中的相机，采撷这美好的片段；拿起画笔，描绘这感动人心的瞬间。

在繁忙的日子里，你可以偷得浮生半日闲，可以什么都不做，只安静地想念一个人。翻阅手机，一遍遍地阅读你们之间的短信对话，一句简单的问候，一个亲昵的表情或者一个随意的符号，如同一朵朵绽放开来的花，让你忘记了一切。再想想那个与你牵手多年的他（她），纵然年华老去，但真情永在。咀嚼过去，往昔如昨，沉淀下来的是难以割舍的真爱。只想陪着你，慢慢变老，一起品尝生活的幸福。就如同作家白落梅所说："等待一场姹紫嫣红的花事，是幸福；在阳光下和喜欢的人一起筑梦，是幸福；守着一段冷暖交织的光阴慢慢变老，亦是幸福。"别笑话那些"无所事事"的人背起行囊，拄着拐杖走天涯，和驴友们一起艰辛地跋山涉水，因为旅途中的风景总有藏不住的美好。

记忆美好，柴米油盐是淹没不住美好的人与物、情与景。美好，是生活五味中最具味道的一味，有了美好，你的一生才会有滋有味。

记忆生活中的那些美好，你就记忆了你的青春年华；记忆生活中的那些美好，你就记忆了人间温情，温暖一生！

《秦淮忆旧》（山水画） 优秀奖
刘慧 河南大学第一临床学院

珍惜拥有，且行且珍惜

“花谢花飞花满天，红消香断有谁怜？游丝软系飘春榭，落絮轻沾扑绣帘……”林黛玉一曲《葬花吟》穿过时光的河流，曾让多少痴男怨女动容。花开为美，花谢更是惹人醉。

一夜之间，路旁一棵棵繁衍着密密匝匝花朵的树下，已落满了一地粉色的花瓣，像是铺上一层薄薄的地毯，有种浪漫，有种婉约，让人不忍心踩踏上去，生怕破坏了这零落的美。

看着花开花落的美景，李欣然不由感叹，春天虽绚烂夺目，但也颇让人伤感。

就在昨天，一位朋友告诉李欣然，他的一位同事突然走了。中午还好好的，在一起开会，可是，一转眼，人就走了。谁也没有预料到，年仅 40 岁的人没有留下一句话就这么走了。听到这个噩耗，所有人都惊呆了。朋友说，在这个春天，他们无心欣赏姹紫嫣红的花朵，却为那些飘零的花瓣雨而暗自伤心流泪。

上班时，和李欣然面对面的同事，不时打着哈欠，倦意绵绵，一副萎靡不振的样子。李欣然笑着问：“晚上没休息好吧？”同事答：“好着呢，可是，这春天啊，人就是爱困，春困秋乏，控制不住呀！”想起郁达夫在《春愁》中写的那样：“尤其是到了中年的我们这些男子，恐怕到得春来，总不免有许多懊恼与愁思。”是呀，春愁，愁的不仅仅是花落，还有日渐老去的身体。

李欣然回家梳头时，大把大把的头发往下掉，一绺一绺的，让人怜惜。女儿说，妈妈落发了！懵懂的女儿不懂母亲为何脱发。母亲看见了，一再叮咛李欣然，快去看看医生吧，就这么点儿头发，再脱就没了。刚记住一件事，一回头，忽然记不起了；见到久违了的一位老同学，只是面熟，名字在嘴边却怎么也想不起来……李欣然的老公笑她，再过几年，真老了，你就连我也记不得了。李欣然哭笑不得，老了，真老了，任年华老去，我又怎能奈何？

无所事事的中午，沐浴暖阳，斜窗而坐，一杯香茗，半卷闲书，足以打发这春日里的时光。累了，抬头与一棵梧桐树对视，面对一朵朵凋零的花朵，情不自禁，想起了一个人，一件往事，一份相思就这样涌上心头。才发觉，那些往事，被葬在春日和煦的风中，渐渐发酵，最终酿成了一壶五味杂陈的老酒，让人独自品味。

“试看春残花渐落，便是红颜老死时。一朝春尽红颜老，花落人亡两不知。”花瓣雨，纷纷扬扬，点缀着诗意的生活。对于我们每个人来说，留住春天最好的方式便是：珍惜拥有，且行且珍惜！

《兰之猗猗》（国画）　三等奖
王庭婷　湖南中烟常德卷烟厂

慢下来，是一种智慧

慢下来，是一种智慧。慢下来，发现身边的美好点滴；慢下来，与灵魂同步；慢下来，选择属于自己的生活；慢下来，才发现生活是一幅儒雅意境的山水画。

在一次采风活动中，赵燕妮请教一位著名作家如何才能写好文章，作家说："我的写作状态其实很简单，那就是慢下来，慢慢酝酿，慢慢构思，让自己的生活慢下来，放松自己，这样写出的文章才会有感染力！"那位作家的话，让赵燕妮陷入了深思。

赵燕妮想起自己，每天忙个不停。白天除了工作，还要接送孩子、整理家务，晚上当别人进入梦乡时，赵燕妮方才开始写作。女儿都十几岁了，答应带她去海边看日出，这个心愿至今还没能实现；父母一天天老去，想陪他们出去旅游，都没有时间；老公经常抱怨屋子太乱，老吃速冻饺子……

为了生计，赵燕妮时常提醒自己快一点儿，再快一点儿，和时间赛跑，和自己较劲，从来没有静下心来回味一下生活中的美好，分享一下生活中的乐趣。殊不知，就在赵燕妮为了生活拼命奔跑的时候，不知不觉丢失了最珍贵的东西——青春、回忆、健康、亲情。当赵燕妮醒悟时，才知道生活该怎么过，那就是：慢下来。

不再和自己较劲，怀着一颗平常心，尽心尽力做好工作就是了；不再贪黑熬夜写稿子，累得腰酸背痛，要注意休息，保证充足的睡眠；不再宅在家中，大门不出，二门不进，抽点儿时间出去找朋友聊聊天，谈谈心。

赵燕妮再也不会让家里人吃快餐了，下班后，钻进厨房精心做一顿可口的饭菜，也许味道没那么好,但是一家人吃得津津有味。周末了，她带上女儿去公园转转，看看花红柳绿，听听小鸟鸣唱，再抽空去看看乡下的父母。

慢下来，抛却生活的纠结，静下心来，看一部完整的电影；沏一杯香茗，听一段优美的音乐，杯中茗香阵阵，音乐如流水般动听，让美好的记忆涌上心头，这样的生活好不惬意。

慢下来，让匆忙的脚步放慢。细嚼慢咽吃一顿饭，慢慢喝完一杯咖啡，慢慢开车，慢慢恋爱，慢慢等待一朵花的绽放……

“让我慢下来，让我用头脑的平静抚平狂跳的心。让时间永恒的信念平稳我慌乱的脚步。在一天的迷茫中，请赐给我山丘般永恒的宁静……”慢下来，会让我们生活得更健康、快乐、美好！

《富贵吉祥》（工笔花鸟画）
三等奖　沙翠英
国家新闻出版广电总局无线电台管理局

赏庭前花开，看墙角细草

人生在世，总是急着赶路，为了达到人生目标，努力，不懈努力。人生能有几回搏。人，应该拼搏奋斗，为了生活的美好，为了事业有成。但，忙碌的脚步应偶尔停一停，陪陪孩子和家人，关心一下朋友。这样，生活才会精彩，人生才会无憾。

吕璐璐去参加儿子的家长会。老师问一位学生的母亲:“孩子家庭作业正确率很低，不知您给辅导了没有？”想不到，那位母亲便叫苦连天道:“你都不知道，我有多忙，公司的事情足以让我筋疲力尽，每天回到家已是万家灯火时，哪有时间辅导孩子作业啊！”

那位母亲的回答让全场的人一片愕然。你忙得连自己的孩子都无暇顾及，那还算得上合格的母亲吗？现实生活中，有一些人以忙为借口，冷落了孩子，冷落了亲人和朋友。而他们都在忙什么呢？无非就是为了生计拼命奔波，为争名逐利煞费苦心，为生活琐事而忙得焦头烂额……智慧的人，会时常停下匆忙的脚步，把宝贵的时间留给孩子，留给最爱的人，留给亲近的人。

人生如白驹过隙，转瞬即逝。繁忙的生活和工作中，偶尔停下来看看身边的风景，关心一下身边的亲人和朋友。这样，既能缓解身心疲惫，又能感受亲情友情的温馨。

刚上班时，和所有的人一样，吕璐璐满怀激情，全身心地投入到工作中去，每天忙得像一只陀螺。当有人给她介绍男友时，她急急忙忙抽出有限的半个小时前去赴约。路过熟悉的公路，不经意间瞥见路旁的田地里开满了灿烂的黄花，吕璐璐知道那是熟悉的山芋花。她情不自禁惊呼：“哇，花都开了啊？”一车的人被吕璐璐的话惹得哈哈大笑。原来，冬天早已过去，春天到来很长一段时间了。见到那个男孩时，他看着吕璐璐还裹着厚厚的羽绒服，忍不住笑了：“你那里很冷吗？”这时，吕璐璐才看见周围的人早已穿上了轻薄的春装。为了事业，吕璐璐失去了很多。

花开了，停下匆忙的脚步，带着父母、孩子到外面欣赏美丽的风景。徜徉于百花盛开、绿树成阴的大自然中，看着孩子在花间追蝶逐蜂，父母驻足花海采撷最美的一朵，这定会无比惬意。你会发现，把烦琐的工作停下来了，不仅没有损失什么，还会收获更多的快乐。有朋自远方来，停下匆忙的脚步，欣欣然前去迎接。一壶热酒，几碟小菜，朋友们兴致勃勃地围坐在饭桌旁谈论着家事国事天下事，随心所欲地说着笑着，开心的笑声荡漾在上空，久久才飘散开来。这时，你才懂得友谊之珍贵，朋友更需要经常联系才会四季常青。

匆忙中，为你的孩子、家人和朋友偶尔停下脚步，为爱稍作休息。赏庭前花开花落，看墙角细草，听虫鸣鸟叫，才发现世界原来如此美好，生活是如此多彩。

遇见，是一种缘分

只是因为在人群中多看了你一眼，再也没有忘掉你的容颜。我相信，世间所有的遇见，都是久别的重逢，皆是生命里最美的缘。作家白落梅说："人的一生会遭遇无数次相逢，有些人，是你看过便忘了的风景。有些人，则在你的心里生根抽芽。"感谢上天的恩赐，在最美的时光里遇见你。

偶然的瞬间，遇见了一个人，正是你梦中出现的那个他（她）。正如张爱玲所写："于千万人中遇见你所要遇见的人，于千万年之中，时间的无涯的荒野里，没有早一步，也没有晚一步，刚巧赶上了。"

人生犹如一次旅行，不管遇见谁，都是一次最美的邂逅。走在人潮汹涌的大街上，和迎面匆匆赶路的他（她）打了个照面，回眸的刹那间，两人四目相望，莫名地涌上一丝羞涩，心，骤然间跳得厉害。缘分，真的是一种美妙而神奇的东西，说不清，道不明。

周思琪下乡的途中，遇见一位 80 多岁的独居老奶奶，她的房子周围长满了一人高的野草，各种各样的草肆意疯长，蓬蓬勃勃，淹没了整个院落，让人想到了鲁迅笔下的百草园。周思琪和老人交谈的时候，才知道，她的老伴去世早，曾有两个儿子。大儿子十几岁的时候得了重病，不幸夭折了，二儿子多年前出了车祸也早早走了。如今，只留下她一个人，孤零零地生活着。老奶奶说，一个人独处，日子静得听不见一点儿声音。不过，我可以回忆那些随时间推移渐渐淡忘的美好过往，慢慢咀嚼回味，如此，甚好。

听了老奶奶的讲述，周思琪心生怜悯，很是同情老奶奶的遭遇，但又不知如何安慰老人家。然而，让她没有想到的是，老奶奶满头白发，眉宇间透着气定神闲的淡定，从来不认为自己是个命运多舛的人。周思琪打心眼里佩服老奶奶，她为此生能遇见这样一位心态阳光、坚强乐观的老人而高兴。

周思琪听朋友尹露露讲述自己的爱情。说那是个春暖花开的日子，一行几人去山野游玩。一路上黄灿灿的油菜花开了一地，流水潺潺，天空湛蓝，小鸟自由自在地翩跹起舞。她们陶醉在大自然的美景中不知归路，都纷纷举起相机捕捉最美的画面。她也一样，不停地按动快门，这时，前面站着的一位帅哥挡住了视线。尹露露叫他让开一下，许是声音小没听见吧，帅哥依然站着没动。无奈，朋友从侧面取景，想不到，那张照片拍得绝好，人与景相映，美到极佳。只是，那位帅哥与尹露露同框了。就是这样的一次巧合，一次不可思议的遇见，他竟成了尹露露最难忘的初恋。想起一代才女林徽因和徐志摩的爱情："此时。此地。我在此处遇见你……此情。此景。我于此生爱过你。"是爱，是暖，是希望还是你是人间四月天，只因一次遇见。爱情也许就是这样奇妙，一旦遇见那人，便注定一生与你情投意合，难分难舍。

彼时，周思琪结婚不久，一天她与老公去久未登门的亲戚家探亲。那是一个偏僻的小山村，无雪的冬天寒风凛冽，光秃秃的树杈上孤单的鸟巢，在寒风中驻守着家的温暖。车在蜿蜒崎岖的小路上颠簸前行，摇摇晃晃终于到达了目的地。可是，他们多年没来过这里了，竟然不知亲戚家的家门朝哪开。二人正犹豫时，周思琪瞥见不远处一个七八岁的小男孩正呆呆地望着她，小男孩穿着单薄的衣衫，脸冻得青一块紫一块，甚至连鼻涕都流了下来。周思琪走过去，俯下身，轻轻问他亲戚家怎么走时，小男孩一边摇头，一边跑进屋叫来奶奶。在老人家的指引下，他们才找到亲戚家。

那天，小男孩像个尾巴一样一直跟着周思琪，甚至还学她穿高跟鞋走路的样子，学她说话，很是调皮。周思琪很是不解。离开时，小男孩紧紧拉着周思琪的手不放，哭着喊着不让离开。周思琪被那一幕感动得也流下了泪水。

原来，小男孩在很小的时候，母亲就弃他而去。孩子像一棵野草，孤零零的，幼小的他何不渴望母亲温暖的怀抱？期待母爱的滋润？周思琪，一位陌生女性的出现无疑成了他梦中的妈妈。遇见那个像水一样纯真的小男孩，让周思琪心碎；而对于小男孩而言，也许在他的生命中遇见周思琪是最珍贵的瞬间。后来，周思琪曾好几次去那个村子看望小男孩，尽可能地给孩子更多的温暖，让他享受母爱一样的阳光和雨露，期待他长成一棵参天大树。

大千世界，芸芸众生，人和人的相遇是一种缘分。邂逅爱情，心花怒放；遇见贵人，一生转折；碰到相助，感慨万千……

遇见是一种美，珍惜这种美，会让你的生活如花绽放，芬芳四溢。

《笛声》（剪纸） 三等奖
黄雅君 河南大学档案馆

细节暖人心

细节决定成败。老子说："天下大事必作于细，天下难事必作于易。"同样，细节暖人心。

那年，张静雅在乡下工作。每个周末，单位总要安排一个人值夜班。那个初冬的下午，张静雅按照既定的时间去接班。说句实话，劳累了一周，谁都想休息一下，张静雅同样也不愿意值班。因此，她磨蹭到单位时，天已经黑了。

老远，张静雅看到单位院子里的灯还亮着。进了办公室，炉里的火仍很旺，壶里的水沸腾着，办公室被打扫得干干净净。看到这一切，张静雅以为是老张临交班时，匆忙中忘了关灯、封火。

周一上班时，张静雅无意中提起值班的事情，老张笑呵呵地说："现在天黑得早，我故意亮着灯，你来了就不会害怕了。这么偏僻的地方，就你一个女孩子值夜班，要是黑灯瞎火的，肯定会胆战心惊的。我女儿也像你这么大，她有时也会在单位值夜班。有灯光照着，有炉火相伴，就不觉得孤单、寒冷了！"

原来，这一切都是老张特意为张静雅准备的。瞬间，张静雅的内心觉得十分温暖。

张静雅有一个朋友，因为工作关系，她们经常用手机短信进行交流。平时，张静雅给对方发短信，总会很快收到回复。有一天，张静雅闲来无事翻阅手机短信，发现朋友给她发的每一条信息，结束时都用了感叹号，张静雅发给她的短信，结尾则总是用句号。感叹号是带有感情的，它和句号就像笑脸与冷面。一个被人忽略的小符号，就这样连接着她们之间深厚的友情。

因工作需要，张静雅要经常使用电子邮箱发信件。不知从何时起，网页中的一个角落引起了她的注意。每次打开邮箱时，页面的右上角总会有一句贴心的话语，且不同的时间有不同的内容：“周末了，看书、浇花、晒太阳也是一种小幸福哦！”“皓月当空，清风徐徐，尽情享受。”

深夜，每当张静雅工作结束之后，打开邮箱，就会看到一句暖心的话：“夜深了，你还在为生活劳累吗？累了，歇歇吧！沏一杯香茗，温暖你的心！”

有时候，在生活中遇到坎坷时，不经意间又看到一句：“生活再艰辛，我们也要充满希望！”简单的话语就像一股清泉，滋润着张静雅疲惫、烦恼的心，令人释然。

细节是美的源泉，让一木一石饱含灵性；细节是时间的使者，让飘逝的东西化为永恒。在现实生活中，正因为有了那些温暖人心的细节，我们的生命才会呈现出迷人的光彩，并激励我们不断向上、向美、向善。

《晨妆》（重彩画） 优秀奖 侯立真

云南电网有限责任公司昆明供电局

一度的温暖

赠人玫瑰，手留余香。给别人温暖就是给自己温暖。

周末，宋欣瑜整理房间时，发现阳台上的几盆花冻得无精打采了。特别是那盆红掌，秋天的时候还蓬蓬勃勃，可是，现在却蔫耷耷的，像霜打过一样，低着头，好几片已经枯黄了。女儿心疼地喊着："这下可好，这屋子不光冻着我，还让花跟着一起受罪！"

女儿说的没错，多年前宋欣瑜买房子时图价格便宜，竟没想到供暖的问题。每当寒冬到来时，她们就凑合着用空调取暖，将就一下就是了。今年的天气冷得早，十一刚过不久，屋子里就像冰窖一样寒冷，这些脆弱的花也经受不住寒冷的考验了。

看着那些花，宋欣瑜皱起眉头，打算给它们找一处温暖的地方。宋欣瑜想到社区门口看门大哥老张的屋子，他那里不是一直自己烧锅炉吗？如果把这些花暂放到那里一定会很好的。

于是，宋欣瑜急匆匆下楼找到门房老张，说明自己的意思，要借点儿温暖。老张笑着说："人以花为荣。我最喜欢花花草草了，是好事呀，快端来吧，我也沾沾你家花的喜气！"就这样，宋欣瑜和女儿把家里大大小小几盆花全搬到老张的房间里。

其实，老张的房子里有沙发、桌子、茶几，已经没有多少空间了，他东挪西摆的硬是腾出了块花的立锥之地，安顿好它们。老张还指着一盆干得裂了口子的绿萝说：“得浇水！要不就枯死了！”可是当宋欣瑜准备浇水时，老张拦住了她：“这样的水太冷了，不能浇花，既然这几盆花已经托付我了，你就不要管了，我会精心呵护它们的。”看着老张认真的样子，宋欣瑜打心眼里高兴，真替这些花谢谢他老人家！

宋欣瑜想起上个月，去北京出差。在火车上，她拿出书来看，邻座的年轻小伙子则玩弄着手机。车到洛阳，天还没亮，车厢里很多旅客都昏昏沉沉睡着了。邻座的小伙子也一样，他半个身子一直靠在宋欣瑜的肩膀上。宋欣瑜看了看，正准备叫醒他。这时，坐在对面的老人朝宋欣瑜微笑，又打了一个手势，示意宋欣瑜不要打扰他，让他安安静静地借她肩膀休息一下吧！

就这样，宋欣瑜继续保持原来的姿势，装作没觉察的样子，继续看书。那小伙子借着她的肩膀舒服地睡了一觉。车到站时，宋欣瑜才叫醒那小伙子，他抬头，揉揉蒙眬的睡眼，再看看身旁的宋欣瑜。然后，冲着宋欣瑜淡淡一笑：“谢谢你，姐姐！”

《菜根谭》中说，径路窄处，留一步与人行；滋味浓时，减三分让人尝。给一度的温暖，是雪中送炭，也许世界就不再寒冷了，这人间就是温暖的天堂。

《书香女性》（剪纸） 优秀奖

武敏 山钢股份莱芜分公司焦化厂

日子总有三不顺，微笑温暖身边人

生活的道路本就坎坷不平，总会遭遇种种意想不到的不幸。给不幸一个微笑，是一种乐观的精神，是一种直面现实的勇气。让我们把不幸化作心灵深处的那盏灯，照亮前行的路。

女朋友请客，严小倩和老公欣然前往。吃饭的这家饭店火锅做得香辣味美，还带着浓郁的重庆味，在当地小有名气。

当严小倩最爱吃的鱿鱼大虾锅端上来时，闻着扑鼻的香味，她想，这下可要好好解解馋，大吃一顿了。可是，无意中看到女朋友的老公一副忧心忡忡的样子，且始终低着头，也不动筷子，好像有什么心事。严小倩说："今天你们夫妻俩请客吃饭，你怎么不高兴啊？"其他几个人也一起随声附和道："是呀，你能高兴点儿吗？"

一旁的女朋友红着脸，连忙解释，她说："他就是这样的人，心情不好全写在脸上，你们别介意，吃你们的。"这时，女朋友的老公才抬起头，半天才若有所思地告诉她们："鹏鹏的病你们都知道，在市里看了一年多了，光那双矫正走姿的鞋就花了好儿千元，可起效不大，我们每天都愁得睡不着觉，心情不好，希望大家多包涵！"他说的"鹏鹏"是他们的宝贝儿子，今年3岁了。严小倩知道，孩子刚生下来就是先天性脑瘫，全家人为看好儿子的病东奔西走没少花钱，可是孩子的病情没怎么好转。遭遇不幸，谁都会痛苦，但是即便悲伤也不能总这样哭丧着脸啊！

“孩子的病慢慢治，你应该走出痛苦的深渊，不然会愁死人的……”有朋友边吃边安慰他。“人活在世上，难免会遭遇不幸，经受痛苦。微笑是一天，流泪也是一天，我们何不暂且忘掉那些不愉快，给自己一个微笑呢！”朋友继续劝慰道。

是呀，给不幸一个微笑。连日来，严小倩总会想起那天宴会上女朋友老公那沮丧的表情，本应热闹的场面，却因他低落的情绪影响了大家的心情。

其实，生活中遭遇不幸能乐观面对的例子不胜枚举。比如，一位生意做得很红火的男人，在一次货物运输途中发生了交通事故，货物损失严重，坐在车上的妻子也不幸受了重伤。面对不幸，男人没有哭泣，不管他心里有多么痛苦，可在他人面前却始终保持着往日的微笑。有人问他：“损失那么大，你妻子还受伤了，怎么没见你有多悲伤啊！”男子回答道：“伤心不一定写在脸上，更何况伤心也不能避免所发生的一切。生意得继续做，妻子的伤得慢慢养。悲伤解决不了问题，何不微笑面对呢！”

面对不幸，有人怨天尤人，憎恨上天不公，愁眉苦脸，从此一蹶不振。也有人微笑面对一切，不悲观，不失望，不沮丧。给不幸一个微笑，让阳光继续普照前行的路。

《暮归》（钢笔画）　优秀奖
付爱玲　四川省达州市宣汉县育才小学

最美的时光在路上

人生是一场说走就走的旅行，最美的时光在路上。

在路上，有惊喜，有分离；在路上，会遇见更好的自己，还有比风景更好的一些人。“路漫漫其修远兮，吾将上下而求索。”让我们摒弃生活的烦恼，背起行囊，带上微笑和坚强，上路。

林嫣然不喜欢旅游的原因有很多，比如长途跋涉的疲惫、途中晕车非常难受等。但，国庆长假却经不住弟弟和女友的鼓动，于是她决定出去走走。她也信奉那句话：世界那么大，趁着还未老去，让我们去看看吧！

于是，没来得及做好旅行前的充分准备，林嫣然便打算去领略有“塞上江南”之称的宁夏风光，好想一睹电影《大话西游》中紫霞仙子泛舟湖上，拨开芦苇翩跹而至的神奇美景，探寻向往已久的西夏文化的博大深远。

午饭后，虽然没有等到云开雾散，甚至空气中还有些黏湿、阴冷，但是，林嫣然一行几人还是按照既定的计划，一路向北，驱车出发了。

沿途，不时看到自驾车出游的人们来来往往，疾驰而过。放假了，这些像林嫣然一样久坐办公室的人们借机出游，他们的脸上洋溢着难掩的快乐。路边盛开的秋花五彩缤纷，在风中摇摇摆摆，吐露着芬芳，努力绽放着生命中最后的美丽。风干了的玉米秆孤零零地在原野里伫立着，看着孤单，但又不失坚挺的力量。彼时，树上的叶子依然绿着，但是，那种绿不再咄咄逼人，失去了旧日的风采，仔细看，依稀中泛着淡淡的黄，秋风拂过，落叶纷纷地在空中起舞。“一叶知秋”、“秋到深处秋亦浓”……深深凝望窗外风影般划过的秋日景色，林嫣然心中颇有感慨。

车过安口，到平凉，40 里铺蜿蜒崎岖的山路着实让林嫣然有些不适应。晕，晕，过了几个急速弯道，林嫣然头脑中已是一片空白，再看看怀里儿子苍白的小脸，只能装作没什么事的样子，她默默告诉儿子：“快到了，闭上眼睛睡觉吧，宝贝！”

一觉醒来，不知何时已经上了福银高速，此刻已是下午 3 点多。汽车平稳地疾驰着，和周围的车辆竞赛般地奔跑。这时，天也晴了，秋阳高照，阳光透过玻璃窗，洒向车内，暖暖的。

林嫣然弟弟的女友异常兴奋，这位在城市生活久了的美女望着窗外的风景，欣喜若狂：“哇，这里的山怎么是这个样子啊？不可思议，哦，好壮观！”顺着她手指的方向，林嫣然看到远处阡陌纵横，重峦叠嶂，连绵起伏，只是光秃秃的山没有一棵树木的影子，就像人，脱了华丽的服饰，裸露光滑的肌肤，让人总觉得伤了大雅不说，还难受得要命。一向对地理知识没有多少兴趣的林嫣然，立即打开手机，上网查看，这片视野中神奇的山脉究竟属于贺兰山系还是六盘山？还是弟弟他们说的张掖丹霞地貌？或者是黄土高原？

原来，林嫣然他们确实已经踏入了银川地界，贺兰山山坡和山麓有一小部分土地因为缺水盐碱化，干旱剥蚀、风蚀地貌明显。开车的弟弟看着她们好奇的样子，笑着说：“其实，宁夏地域辽阔，湖泊众多，天下黄河富宁夏。现在你们看到的只是冰山一角，等明天到了沙湖，你们就可以真正一睹魅力宁夏带给你们的视觉盛宴了。”

在路上，美好的时光总是过得很快，林嫣然他们一路边欣赏风景，边说说笑笑，到达早已在网上预定好的吴忠市某酒店时，已是万家灯火。

吴忠市给她的印象很美好，干净、整洁，道路宽阔，车辆也谈不上拥挤，红绿灯的间隔也不超过 30 秒。楼房大多是高层，楼距很宽，足足可以留一片草地、花园或者停车场，望着灯火辉煌的城市，林嫣然能想象生活在这里的人有多么幸福！

深夜，躺在软绵绵的酒店床上，林嫣然美滋滋地想着，陶醉了。她做了一个梦，梦见了美得窒息的宁夏美景：沃野千里、稻花飘香、漠沙如雪，湖光潋滟、草木葱茏、百鸟翔集、鱼跃其间。恍惚间，误入了人间最美的天堂……

卡夫卡曾说，旅途是那么的漫长啊，如果一路上我得不到东西，那我一定会死的。其实，只要在路上，女人就是风景。这便是你要得到的。

《花开富祥》（国画） 优秀奖
付玉萍 莱钢集团有限公司

《枯荷入晚》(水墨画)　二等奖　李霞　湖南省常德市澧县澧阳中学

第二辑

做一朵花的知己

《高瞻远瞩》（国画）　一等奖　刘永红　湖南省常德市安乡县晋煤金牛化工公司

改变心情，是生活的智慧

自从有了这台心爱的笔记本电脑，郭小丽就热衷于不断地变换电脑桌面和输入法的皮肤，甚至工作时 word 文档字体的颜色也会随时更改。

几年了，这个爱好一直陪伴郭小丽到现在。她的电脑桌面有时设置为儿子活泼、调皮的照片，有时是一望无垠的茫茫草原，有时是雨打芭蕉的诗意美景。输入法的皮肤也时常变换，今天电脑右下角开了一朵妖艳的花朵，明天变成搞怪的卡通人物，后天又换成一杯浓浓的绿茶。用 word 工作，熟悉的汉字不时幻化着五颜六色的色彩，很少以清一色的黑色字体呈现。郭小丽的电脑就像一位可爱的百变精灵，不时更换着装，哪怕是微小的细节也从未放过，这种与众不同的改变会让她有种豁然开朗、如释重负的感觉。

朋友知道她的爱好后，说她是闲着没事，瞎折腾！还说凡事不断变换的人感情不专一。对此，郭小丽只是一笑而过。在婚姻中，郭小丽始终坚守“弱水三千，只取一瓢”的诺言；在生活中，是个不容易动摇的人。所以，朋友的推断当然是不成立了。

时间长了，郭小丽在电脑上换来换去，渐渐竟顿悟出了一种真谛。其实，每一次变化都是随着她的心情而改变。记得，三年前老公买回电脑那会儿，她难掩内心的激动和喜悦，为了感谢他，便将他的照片设置为桌面，每每打开电脑，迎面看到的便是他如花的笑靥，颇有些温暖。把最爱的人放在桌面上，甚至嗅到那种熟悉的气息，幸福的感觉不言而喻。

还有一次，因为疏忽大意，一张顾客的单子出了问题，领导不留情面地批评了郭小丽。郭小丽的心情就像阴天一样灰暗下来，打开电脑，她立即把原来的输入法换成了一只“哭泣的小狗”，当她边流泪边写下自己心里的委屈时，一旁那个“小狗”也跟着她流泪。一瞬间，郭小丽有种找到知音的感觉，糟糕的心情也慢慢开始好转。

由于经常写东西或工作，电脑成了郭小丽的亲密伙伴，用得最多的当然是在word里面打字。文字本来就是枯燥无味的，她时常会把那些汉字变成红黄蓝紫各种色彩，打字时，随着手敲击键盘的声音，电脑上跳跃出美丽的文字，呆板的文字好像盛开在计算机上的花朵，五彩斑斓。这样不仅激发了她工作的激情，还在视觉上带来了一种美的享受。

泰莉·贝芙和夏绿蒂·沃得在诗中曾这样写道：“你不能左右天气，但你可以改变心情；你不能改变容貌，但你可以展现笑容……”是呀，郭小丽改变的其实不是电脑上的一切虚拟的画面，而是心情。这是一种生活智慧，改变心情，让我们在生活的道路上走得开心快乐。

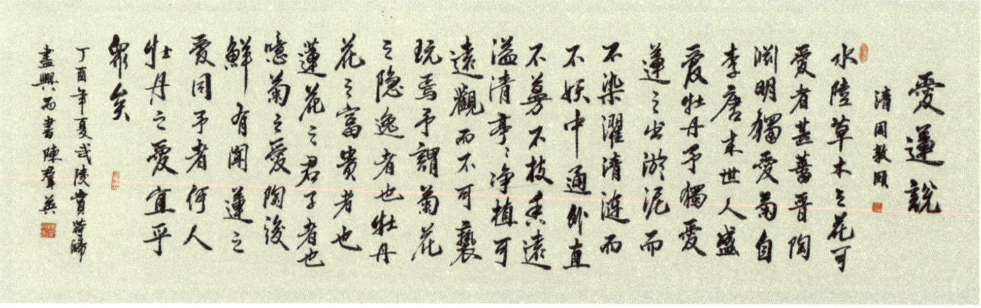

《爱莲说》（行书） 优秀奖 陈群英 湖南中烟常德卷烟厂

心怀一颗快乐的心

幸福不是满屋金银，不是事业成功，有时候，幸福很简单，那就是拥有好心情。

王语嫣的单位装修，来了几位粉刷女工。她们站在高高的脚手架上，攀上爬下刮大白，脸上、身上全溅满了白灰，抹得像个大花脸。每天王语嫣在楼道里进进出出，取档案拿材料时，总会看到她们投来羡慕的目光。

可是，有谁可曾知道，王语嫣和她们一样，同样是个打工者，是单位临时聘用的工作人员。

那个周末，王语嫣值班。早上来时，正好碰见那些女工们没穿工服来上班。想不到，她们也和所有的女人一样，是爱美的，个个穿得漂漂亮亮，提着时尚的小包。可一眨眼的工夫，她们就换上了抹得脏兮兮的工作服，拿着刷子、刮刀等开始干活了。王语嫣坐在计算机前敲字，不时会听到她们又说又笑的声音，还有优美的流行音乐传入王语嫣耳中："忍不住化身一条固执的鱼，逆着洋流独自游到底，年少时候虔诚发的誓……"顿时，往日严肃的办公楼开始热闹起来，没有了工作时间的束缚，没有中规中矩的办公氛围，受她们的感染，王语嫣的心情也渐渐开心起来。

王语嫣不由得起身，轻轻地走出去，站在楼道里默默注视着她们。原来，音乐是从一位年轻女工的手机中传出来的。一位女工觉察到王语嫣，她停下手中的活，以为王语嫣嫌她们吵了，就悄悄对干活的同伙喊道："别吵了，别播放歌曲了，影响人家工作了！”说完，几个女工看了看王语嫣，吐了吐舌头，带着歉意冲着她笑了笑。那种笑怯生生的，很不自然。

“没事的，你们播放的歌曲真好听！”王语嫣有一搭没一搭地和她们聊起来。渐渐的，她们心里紧绷着的弦也放松了。

王语嫣了解到，她们都是附近郊区的农民，利用农闲时间，出来在劳务市场找活干。虽然工作很辛苦，但是每天能挣不少钱呢！一位女工说：“我们虽比不上你们这些坐办公室的，但是已经不错了。我现在供儿子上大学，将来还想在城里买房子！”紧接着，另一位女工说挣了钱还想去首都北京旅游呢！女工们说着，脸上露出幸福的笑容。

在王语嫣看来，那些靠体力劳动挣钱糊口的农民工，他们汗流浃背，辛辛苦苦，总是一副不堪重负的样子。然而，眼前的她们，用歌声和微笑告诉她：即使生活得很辛苦，很劳累，但是，只要心怀一颗快乐的心，再苦再累，幸福的生活也会像花一样绽放。

《反弹琵琶》（工笔画）　二等奖
梁彩婷　兰州铁路局兰州客运段

任凭风浪起，稳坐钓鱼台

不在意，是一种心态，是大度与宽容，是海纳百川，有容乃大。生活中，只要学会不在意，就会拥有快乐的人生。

王莎莎的闺密李芸在微信朋友圈写下这样一段感言：“今天再大的事，到了明天就是小事；今年再大的事，到了明年就是故事；今生再大的事，到了来世就是传说。受伤了，学会不在意，让我们用微笑面对明天。”

李芸 20 多岁，是位美丽大方、活泼开朗的女孩，最近正在热恋中，和一位帅哥打得火热，还经常在朋友圈晒幸福。

看到李芸朋友圈的感言，王莎莎知道李芸遇到什么事了，急忙发微信问她到底怎么了？李芸回微信告诉王莎莎，那个帅哥其实是个“负心男”。她认识他时，他刚和女友分手，失恋的痛苦把他折磨得像一只可怜的小羔羊。李芸用温情温暖着他受伤的心，给予他满满的爱。可是，前不久他前女友后悔了，想与他重归于好，他喜出望外，竟答应了她的请求，两个人和好如初。不言而喻，李芸这是和男友分手了，他们的缘分就这样结束了。

看着李芸不停发来哭泣的表情，王莎莎能体会到她失恋时痛不欲生的心情。王莎莎心疼李芸的同时，也为她捏了把汗。李芸是家里的独生女，从小娇生惯养，一路走来，顺风顺水，从没遇到过坎坷。如今这突如其来的感情打击，她能否从容应对？

接着，李芸又发给王莎莎一行字：“相信吧，姐姐，我没事的，我会尽量控制自己悲伤的情绪，慢慢忘记他给我带来的伤害，我会做到‘身稳如山岳，心静似水止’。过去的就让它过去吧，微笑面对一切。我想，我心中的白马王子，肯定在灯火阑珊处！”

看着李芸发来的这段文字，王莎莎终于舒了一口气。

记得前一段时间，王莎莎在工作中莫名的让一位同事误解，同事竟然在电话中说了很多难听的话。当时，王莎莎真想冲过去和她理论一番。她重重地挂上电话，心中一团怒火开始熊熊燃烧起来。

那些天，王莎莎陷入痛苦之中。于是，王莎莎向一位知心朋友倾诉她的苦衷，朋友开导她，遇到这样的事，要学会不在意，给自己一个灿烂的微笑，过好每一天。朋友说，一件事，想通了是天堂，想不通就是地狱。既然活着，就要活好，别去为那些鸡毛蒜皮的小事钻牛角尖。

想到李芸豁达的心胸，朋友对自己的劝慰，王莎莎的心情好多了。

是啊，学会不在意，人生不过几十年，何必带着沉重的精神枷锁生活呢？王莎莎不再怨恨那个同事了，也不再无休止地自责了。

遇到伤心的事，遇到伤害你的人，学会不在意。“任凭风浪起，稳坐钓鱼台”，擦干眼泪，面带微笑，继续赶路。

为所有而喜，不为所无而忧

知足常乐。为所有而喜，不为所无而忧。这样，才能活得开心，活得潇洒。

杨芯蕾外出培训，与同事小洁住在一起。小洁的旅行包里装得鼓鼓囊囊，有裙子，有高跟鞋，还有精致的小化妆包。再看看自己，简简单单，轻装上阵，不免有些羡慕小洁。

清晨，杨芯蕾还赖在被窝里不想起床，可是，小洁早早就起床，洗漱完毕，在镜子前浓妆艳抹，精心打扮了。有一次，她们俩都起来晚了，眼看酒店早餐时间就要过了，杨芯蕾匆匆洗了把脸，催促小洁快点儿，不然就赶不上吃早餐的时间了。可是，小洁却磨磨蹭蹭，拿着化妆镜还在涂眼影、抹口红。杨芯蕾着急地说："算了，别臭美了，没人看你的，再不去就没饭吃了。"然而，小洁却说："那怎么行，不化妆怎么出门？我不习惯！"无奈，杨芯蕾只好一个人下楼去吃早餐。

等杨芯蕾吃完早餐，上课的时间到了。小洁没吃上早餐，只能饿着肚子去上课了。课间时，杨芯蕾问她："饿了吧？看来美是要付出代价的呀！"这时，小洁喝了一口水，点点头："软饱硬饱都一样的，只是可惜我这张脸，你看粉刺长满了，还有脸型也不好看，太大，不是我想要的瓜子脸。还有，太胖了，老天怎么能让我长成这个模样啊？"听着小洁的抱怨，看着她不满意的样子，杨芯蕾不由得感叹："美女，你还让不让我们这些相貌平平的人活了？你看你拥有好身材，皮肤又好，只是外貌稍微有些不理想，这么好的天姿你还不满意？"

人无完人，每个人的身上都有缺点和不足。杨芯蕾想起一位女友，她自认为自己是个完美无缺的人，可是，婚后不久，她就向杨芯蕾倾诉："老公说我晚上睡觉打呼噜，吵得他难以入睡。这可怎么办呢？"芝麻大的小事，却成了女友的心病。为这，她还四处求医，试着改变睡觉姿势，可是，都无济于事。过了一段时间，当女友在电话中沮丧地告诉杨芯蕾时，杨芯蕾笑了笑说："没事的，也许以后他没有你的呼噜声伴奏，晚上还睡不着觉了呢！"果不其然，现在，女友的呼噜声竟成了她老公的催眠曲。

世界上本来就没有十全十美的人，只有知足和不知足的人。每一个女人都有其独特的气质和优势，只要将自己的优势凸显出来，就会成为自己的魅力资本，自然会有独特的吸引力。

人，应该懂得欣赏自己，接受自己的一切，包括优势与不足。这样，就会活得轻松而快乐。

《桦林秋语》（版画） 二等奖
黄顺芬 黑龙江省大兴安岭地区
韩家园林业局励志学校

你羡慕别人，别人也在羡慕你

你站在桥上看风景，看风景的人在楼上看你。明月装饰了你的窗子，你装饰了别人的梦。

——卞之琳

汤思琪和闺密张艺娜小聚。席间，张艺娜不停地向她诉苦：婆婆太精明、太苛刻了，什么事情都精打细算，事事要求完美；而生性耿直的她本就是一勺一碗的人。因此，两个水火不容的人生活在一起，矛盾不断，经常擦起小火花。张艺娜说着说着，竟端起酒杯一饮而尽。

看着张艺娜痛苦的表情，汤思琪想想自己最近的生活也不如意，不由得有种同病相怜的感觉。但汤思琪没有说出自己内心的不愉快，好言规劝道：“自古婆媳难相处。婆婆苛刻，忍忍就是了。不要一味地钻牛角尖，制造矛盾，发生摩擦。家家有本难念的经，都会发生一些不愉快的事情。但不要把不愉快的事情搁在心上，学会选择性记忆，忘掉痛苦和悲伤，每天就会充满阳光。”

张艺娜听了汤思琪的话，想了想，抬起头，一本正经地说：“是呀，哭也一天，笑也一天，为什么不笑着面对生活呢？”张艺娜的话让汤思琪愕然。因为她刚才说的话出自汤思琪博文中的语句。张艺娜对汤思琪说：“还是羡慕你，虽然活得很辛苦，但是很充实，忙里偷闲写写博文，不但抒发了自己内心的情感，而且还提升了自身修养。不像我，误入到理不清的琐碎事情中，失去了自我。”

汤思琪曾认为自己生活得很忙碌，很累，每天围着家、单位，两点一线匆匆奔波着。偶尔，为了鸡毛蒜皮的小事大伤脑筋，劳心，烦心。而闺密张艺娜却让汤思琪羡慕不已，她有喜欢的工作，她老公又是公认的暖男，对她特别好。曾几何，她幻想着要是能像张艺娜那样生活多好！可是，那天才知道她也有烦恼和忧愁，自己竟然还是她羡慕的对象呢！

汤思琪工作的确很辛苦。单位隔壁是一所中学，每每看到薪水高，工作时穿着得体、文质彬彬的老师时，她总是心生羡慕。看着他们潇洒地驱车上下班，站在讲台上给孩子讲课，多幸福！而自己每天却风里来雨里去，骑着那辆除了铃不响到处都响的“铁毛驴”奔波着。汤思琪常常想，同样是人，为什么差距就这么大呢？要是有来生，做位老师，能过过他们那样舒服的日子就好了，哪怕一天，也足矣！

终有一日，和一老师聊天。还没等汤思琪开口，她就抱怨：“都累死了，废寝忘食地工作，这学期我都要撑不下去了！还是你们好，工作压力小，咱们图得不是挣钱多少，就是个省心呀！”汤思琪惊讶地看着她，想说什么，最终还是没张开嘴。

一个人总在仰望和羡慕着别人的幸福，一回头，却发现，自己正被别人仰望和羡慕着。就像文学评论家、诗人卞之琳那首诗写的那样：“你站在桥上看风景，看风景的人在楼上看你。明月装饰了你的窗子，你装饰了别人的梦。”

白云羡慕蓝天的广阔无垠，而蓝天又羡慕大海的清澈深邃。这个世界，谁在羡慕谁？只有珍惜自己的拥有，才能欣赏到人生旅途中最美的风景。

石匠调石，智者调心

适应是一种心态，也是一种能力。比尔·盖茨说："生活是不公平的，要去适应它。"物竞天择，适者生存。人生的过程其实就是一个不断适应的过程。学会适应，才能在人生路上走得潇洒自如。

白伊伊在办公室打扫卫生时，不小心碰到了同事的一盆绿萝，掉在地上花盆摔碎了。她小心翼翼地捡起那绿意盎然的茎叶，看着那鲜嫩的叶片，清晰的脉络，感到好可惜。

这时，白伊伊想起在书上看到过绿萝也可以水培。于是，她找来一个矿泉水瓶子，稍作简单加工，就变成了一个精致小巧的"花瓶"。在瓶里装上水，插上那枚绿萝，想不到，绿萝只蔫了几天，便焕发了蓬勃生机，一天比一天长得茂盛。每天上班时，白伊伊总会抬头看看它，瓶底生出的白白胖胖的根须越来越多。

随着时间的推移，绿萝的叶子不仅长得宽大，而且很油亮，绿绿的，美极了。白伊伊想，绿萝从土壤中移到水中，换了新环境，它不得不去适应新环境，如今，已经完全适应了。

白伊伊想起朋友乐乐，她刚到新单位上班时，看到那么多人挤在一个办公室里，成天人来人往，叽叽喳喳为一件芝麻小事吵闹个不休，喜欢安静的她总是适应不了。每天，坐在那个固定的位置，自己就像行尸走肉般魂不守舍，无所适从。当乐乐把这个苦恼告诉白伊伊时，白伊伊笑着说："现实就是这样残酷呀，那的工作环境就那样，你要学会适应，适者生存。"

于是，接下来的日子，乐乐学会了调整，尽量让自己的心沉下来，不受外界的干扰，专心做自己的工作。一年过后，乐乐已经适应了那里的工作环境，不再因吵闹声烦心，与同事相处得也很愉快，工作得心应手，游刃有余。

有一年，白伊伊去南方旅游时，买回一只可爱的小乌龟。绿色的外壳，笨拙的身躯，很是惹人喜爱。回家后，白伊伊把乌龟放在一只小鱼缸里，放上水，将鱼缸放在窗台靠近阳光的地方，隔三岔五给它喂一回龟食。起初几天，小乌龟待在鱼缸里“装死”，一动不动，好像乞求人的怜悯。过了几天，当乌龟适应了新的环境后，则生活得很有规律，每天总会从水里探出头，睁开眼睛，细细观察外面的世界。有时候，当白伊伊在一旁忙活时，小乌龟还会探出脑袋，做个鬼脸，好像在逗人开心。

两年过去了，小乌龟长大了不少，越加可爱了。看来，这个小家伙已经完全适应新的生活环境了。

人与花草、动物有时也有相似之处，那就是处于新环境时，都要学着适应。环境不能因人而改变，但我们却可以改变自己，让自己学着适应环境。

石匠调石，智者调心。积极地调整心态，自觉适应，生活才会绝处逢生，拥有美好。

《夏天的河塘》（油画）　三等奖

林佳　成都双流国际机场股份有限公司

做一朵花的知己

“围在城里的人想逃出来，城外的人想冲进去。对婚姻也罢，对职业也罢，人生的愿望大都如此。”这是杨绛写在钱钟书《围城》扉页的一句话。这句话道出了所有人的心声。婚姻是围城，学校是围城，生活也是围城。忽然有一天，你进了围城，再回首，才发觉，最美好的风景其实在“城外”，酸甜苦辣，其中的滋味只有自己知道。

有一段时间，郭小雪喜欢去单位附近的田野里散步。在那，能看到成片的郁郁葱葱的庄稼，还有地边开着星星点点的无名野花，白的、黄的、红的，密密匝匝挤在一起，开得姹紫嫣红，那些明媚或暗淡的香气让人沉醉。

有风吹来，掀起郭小雪粉色的裙摆和黑色的长发，随风而舞，一如她轻快的心情，飘逸浪漫。有时，走累了，郭小雪会坐下来，与身后一簇簇野花对语。

那个田野里的小路很长，郭小雪沿着那条弯弯曲曲的小路慢悠悠地走着。此刻，什么都可以想，什么也可以不想，随心所欲，似乎是生活在童话的世界里。常常，走着走着，手会被一簇簇带刺的野草扎得红肿起来，但她没感觉到痛。此时，阳光普照，温暖，柔和，抚摸着郭小雪的肌肤，红肿的皮肤慢慢好起来。

那时候，郭小雪的生活充满快乐，无忧无虑。她每天的生活很规律，睡得早，起得早，从不熬夜；工作轻松，没多大压力；与同事相处融洽，很少有人际冲突。最重要的是身边还有几位天天黏在一起的闺密，偶尔，几个小姐妹聚在一起，聊聊天，谈谈心，生活得惬意无比。

彼时，郭小雪虽然干着一份很不起眼的工作，但心里就像开了一朵很美很美的花。

后来，郭小雪去过一些大城市，开阔了眼界，也接触过一些都市人。她渐渐觉得，单位附近的那片田野太小，太小，那些庄稼和野花也是那么土气，如同她自己一样：走在城市里分不清东南西北，经常走错地方，甚至迷路；和城市人对话时，操着一口土得掉渣的方言，越听越别扭；走进装修典雅的礼堂，惊讶得目瞪口呆……郭小雪的内心开始彷徨、迷茫，她心想：为什么我不能拥有这么美好的生活呢？

历经千回万转，郭小雪终于挤进了心目中的城市，离开了那个经常散步的地方。她时常想，自己会融入这个繁华的世界，做个很多人也羡慕的时尚达人。可是，事实并非她想象的那样。她学不来别人的气质，就像她穿不惯高跟鞋走路一样，难受，别扭。郭小雪孤独地走在都市宽敞的街道上，即使身边车水马龙，接踵摩肩，阳光也灿烂，但是，她却高兴不起来。郭小雪的话越来越少，笑容也越来越少，她喜欢一个人发呆，静静地待在一个人的世界里。

一个人的午后，郭小雪想起了那个曾经走过的田野，那里天蓝、云白、草青、花美，心底竟有些小怀念。

安妮宝贝曾说过："做一朵花的知己，就是住进心灵的春天里。"郭小雪心想，我今生愿永远与花在一起，不离不弃。因为，做一朵花的知己，与花为伴，与花倾心，这样不是很美好嘛？

你在，世界就在

人这一生不可能一帆风顺，事事如意。遭遇不幸，经受打击，发生意外，是常有的事。不管遭遇多么痛苦的事情，我们都要坦然面对，不要过于悲伤，过于沮丧，更不能一蹶不振。你是自己的主宰，你在，就心安；你在，世界就在。

尚可心用了多年的U盘，有一天却突然打不开了。“那里面储存的可都是重要数据啊！”尚可心焦急地喊道。她找了很多计算机高手，用了很多恢复数据的软件，结果还是没能解决问题。他们说，U盘使用太久了，存储卡坏了，无法恢复数据。

听到这个不愿意听的答案时，尚可心的头轰一下，像要炸开了。要知道，工作中所有的资料都储存在里面，字字心血呀！还有那些重要的数据，恢复不了可怎么办啊？

那些天，尚可心茶饭不思，心情极度郁闷，如同生命走到了尽头。

打开计算机，登上QQ，尚可心把这件事告诉了一位网友。网友自然能理解尚可心此时的心情，她说自己也曾遇到过这种情况，没有什么大不了的。网友说，她当时的心情也很痛苦，难受了好几天。不过，后来她的心情很快就好了，忘却那些不愉快，继续工作。网友劝尚可心不必沮丧，数据丢了，想办法弥补，没有什么大不了的。

和闺密聚会时，尚可心闷闷不乐，一言不发。她们知道尚可心的遭遇后，都安慰她，不就是U盘坏了，丢了数据吗？不是还有一些打印出来的纸质资料吗？

想办法找回来一些。开心一点儿，你郁闷，就是郁闷死，数据也恢复不了呀。

博学的小琴还给尚可心讲了澳大利亚演讲家尼克·胡哲的故事。他一生下来就“丢了”手脚，就像素描课上的半身雕塑，令所有人震惊。但是，凭着顽强的意志和坚强的信念，他学会了生活自理，还获得了会计和财务策划两个双学士学位，在全球演讲，鼓舞人心，还获得澳大利亚“年度杰出青年”称号。2012年，30岁的尼克·胡哲还拥有了一位美丽、漂亮的新娘。

小琴最后说，尼克·胡哲“丢了”手脚都那样乐观向上，难道你只为这区区小事而郁郁寡欢？

良久，尚可心似乎有些醒悟了。她心想，U盘坏了，可以再买；资料丢了，可以再写。只要自己没丢，太阳每天都是新的。

吃完饭，在回家的路上，尚可心仔细看看路旁，已有鹅黄的新嫩正悄然而生，春天来了，寒冬过去了！

《硕果累累》（国画）　优秀奖
彭芳　四川省简阳市石桥中学

陪你一起悲伤

没有谁的生活是一帆风顺的，面对不幸、苦难，总有一些人愿意和你一起悲伤，也愿意和你一起承担。靠近你，温暖你，以温暖的方式安慰你，让我们以最坚强的态度来面对。

孔雨梦和朋友小聚，大家异常高兴，只有阿琼低着头，坐在一角走神。孔雨梦知道，几个月前，阿琼的儿子在车祸中丧生，紧接着，母亲又离她而去。悲痛像恶魔一样毫无察觉地降临到她的头上。

大家都想着法子让阿琼开心，可是任凭她们怎么搞怪，也提不起阿琼的兴致，看不到她脸上一丝笑容。坐了一会儿，阿琼还是借故离开了。担心她会出意外，几个姐妹不由分说跟了出去。昏黄的路灯下，阿琼像个迷失的孩子大声哭起来，眼泪像断了线的珠子滚落着。黑夜中，她们几个朋友紧紧拉着阿琼的手，谁也没有说一句话，就这么静静地看着她悲伤。从彼此凝重、关切的眼神中，她们默契地传递着同一个想法，哭吧，哭吧，把心中所有的伤痛都哭出来吧！也许这样她的心情会好些。就这样，她们陪着阿琼，看着她痛痛快快地哭，直至她哭干了眼泪。

此时，她们能做的只有陪伴她那悲伤的灵魂走上一程，感受一下她无法控制的痛苦，这比任何安慰都管用。

在 QQ 上，孔雨梦和一位未曾谋面的网友聊天。那位网友给孔雨梦倾诉自己的悲伤。她说爱上了一个人，撕心裂肺地爱了多年，临到分手，有点儿不舍，却无能为力。她说他的好，是她的暖，她的爱，她的希望，她的生活离不开他。网友连珠炮地打过来很多心里话，都是他们以前相爱的点点滴滴，还有她的痛苦心情。这边，孔雨梦静静地看着电脑屏幕，目睹着一个个熟悉的文字从眼前跳过，感受着那边她的痛不欲生和心碎。半天，她问孔雨梦，为什么不说些安慰的话呢？孔雨梦笑了笑，送她一个笑脸：隔着空间，我无能为力，只能陪你一起悲伤，陪你回忆过去的美好，减缓现在的忧伤。

此时，孔雨梦要做的事只有虔诚地听她讲心中的痛苦，也许这样的悲伤不能说给身边的其他人，只有通过虚拟的网络向远方的孔雨梦倾诉。分担她失恋的悲伤，这是对她最好的心灵抚慰。

洗过衣服，“哗”的一声将水泼出去，不经意间却发现地上飘了几只蚂蚁。蚂蚁顺水而走，拼命地挣扎着，费劲全身的力气寻求生路。看着小小的蚂蚁，孔雨梦慢慢懂得，一个微不足道的小动物内心的悲伤，有多痛，为了活下去，会遭遇多少厄运和艰难，还有命运的抗争。

人活在世上，就像弱小的蚂蚁，总要经受苦难、挫折和意料不到的不幸。我们要做的就是站在一旁，感同身受地去陪伴她体验其中的痛苦，不去触摸那颗易碎的心。

《江上望皖公山》（山水画）　优秀奖
张曲　中国石油西南油气田分公司

重燃希望的火

在困难和挫折面前，要往好处想，如果没有这些坎坷，也许你还是一个永远涉世不深的女人；如果没有承受过伤害，也许你的生命没有目前的厚度。

爵士巨星比莉·哈乐黛曾唱过一首经典名曲："当你微笑时，整个世界都会对你微笑；当你大笑时，太阳也跟着通体明亮；当你哭泣时，天空也跟着你掉眼泪。所以停止叹息吧，捡回你的笑容；因为当你微笑时，整个世界都会对你微笑。"

面对挫折与不幸，保持微笑。你笑，世界也会对你笑。

叶乔慧见到会唱歌的草是在很多年前，那时，她和谈了 4 年恋爱的男友刚分手。原本她们说好毕业后一同南下"闯江湖"，可是，叶乔慧拗不过父母，只能按照他们的意愿留在家乡一所小学教书。最终，昔日的山盟海誓在现实面前成为过往云烟，失恋的打击让叶乔慧心情异常低沉。

多少个黑夜，叶乔慧望着小山村的茫茫夜色黯然神伤。叶乔慧埋怨父母，为什么要她选择这里？本该可以和喜欢的人比翼双飞，在繁华热闹的都市实现自己的人生梦想，然后营造一个快乐幸福的家庭。叶乔慧更恨男友的薄情寡义，4 年的感情难道说分手就分手？每天，叶乔慧上完课，就对着天空发呆，看着单位里那几位上了年龄的老同事，叶乔慧经常想，也许自己会和他们一样，一辈子的光阴都在这里度过，慢慢老去在平凡的岁月里……现实就是这么残酷，将一个柔情似水的女子折磨得如此悲观失望。

叶乔慧对男友仍念念不忘，对自己的现状耿耿于怀，郁闷无语。为排遣积压在心底的痛，下班后，她常常到单位门前的小河边散步，望望眼前那座大山，听听潺潺的河水，心情自然会好一些。

冬日的下午，她在河边遇见一位洗衣服的小女孩，清澈的河水倒映着她乌黑的秀发，很是漂亮。女孩边洗衣服边告诉叶乔慧，她的父母很早就离世了，她和比自己大一岁的哥哥相依为命。北方初冬的天气，河水已很凉了，小女孩的两只手冻得通红，洗一会儿，女孩就把手放在嘴边哈一口热气，继续洗。忽然，女孩对叶乔慧说：“姐姐，你听，这些草会唱歌呢！”叶乔慧很好奇，侧耳倾听，原来是河滩里的寒风吹得荒草发出哨子一样“呜呜”的声音，细听，真像一首动听的山歌。

望着女孩清纯的眼神和冻得通红的脸颊，叶乔慧的眼睛湿润了。刹那间，她的心好像豁亮了很多，开始意识到即使生活作弄了你，但也要歌唱。

曾经以为自己活得很失望，恋情、工作不尽如人意，直至那天听到会唱歌的草的“歌声”后，叶乔慧的心中重燃希望的火。她才领悟到，生活和工作不可能事事如意，不管多糟糕，路还得继续走，歌还得继续唱。

感谢那些会唱歌的草。

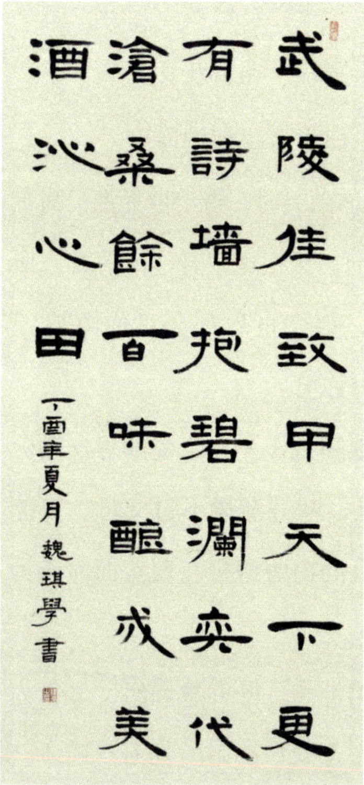

《武陵佳致》（隶书）
三等奖　魏琪
湖南省常德市武陵区滨湖小学

把美丽留给自己

女为悦己者容。任何时候，不管生活得怎样，女人每天都应该把自己打扮得漂亮一些，把美丽留给自己。不为别的，只为有个好心情。

章思雨是位再普通不过的女孩。记得每到夏天来临时，当班里的女生一个个花枝招展，裙裾飞扬，像一朵朵娇艳的玫瑰吸引着男孩子们的目光时，而章思雨却紧紧裹条天蓝色牛仔裤，身穿白T恤，头发弄成短短的那种，猛一看，还真像个男孩。

时光如流水，大学毕业都好几年了。最近一次同学聚会，让同学们看到了一个与从前不一样的章思雨。她是同学当中为数不多开着跑车来的一位，一袭淡紫色的连衣裙尽显丰腴娇柔的身材，像朵灿烂无比还散发着淡淡清香的紫罗兰，同学们不由得眼前一亮。

席间，大家兴奋地推杯换盏，相互了解近年的工作和生活状况。有的人成了公司的骨干，有的当了人民教师，有的成了医生，也有人正站在事业的起跑线上。只有章思雨一直面带微笑，安静地坐在一角，沉默不语。大家玩得尽兴之余，有人问她："老同学现在发达了，是不是嫁给人款了？好有范儿！"

想不到，章思雨叹口气说："甭提了，我大学毕业第一年到南方打工，认识了男友并匆匆结婚，婚后不到一年就离婚了；投资几十万元的生意血本无归，如今在家乡一家公司谋了份司机的差事。对了，我们经理听说咱们同学聚会，特意让我开着她的车来，好给我撑撑面子。"章思雨说着，脸上露出同龄人少有的成熟和淡定。

原来是这样啊，大家听后都唏嘘不已。有的男同学伸出大拇指夸赞她真不错，实话实说，不藏着掖着。老班长问章思雨：“你遇到了这么多坎坷，还把自己打扮得这样迷人，究竟给谁看呀？”章思雨笑了笑：“给自己看呀！给男友看，他已和我分道扬镳了，爱情早已不属于我了；给父母看，匆忙的我一年当中能在他们身边待多久？给你们看，大家都各忙各的，无暇顾及；给身边的人看，不可能的，虽然同事们表面上对你嘘寒问暖，可公司里的人际关系复杂得如同蜘蛛网……当一个女人在生活中输得一塌糊涂时，也要把自己打扮得漂亮一些，把美丽留给自己，微笑着继续生活下去。”

章思雨想起多年前一位长者讲他儿子打工的事情。儿子由于没有技术，在外面找的活不稳定，挣的钱也不多，待到过年回家时，兜里除去买车票的钱就所剩无几了，想给家中的父母买些礼物都囊中羞涩。当儿子把这些告诉长者时，长者却说，你不要为我们考虑，回家时给自己置办一身新西服，扎上领带，再把皮鞋擦得锃亮锃亮的，把自己打扮得精精神神就是最好的礼物了。

多年过去了，长者的话一直在章思雨的耳边萦绕。人，生在世间并非一帆风顺，就像变化莫测的天气，阳光灿烂的日子并不会时时伴随身边，阴云、下雨、闪电、打雷、飘雪、刮风，只要我们把不幸、痛苦抛在脑后，把美丽留给自己，相信明天定会是个艳阳天。

饱经世事的东西最美

“最美不过夕阳红，温馨又从容，夕阳是晚开的花，夕阳是陈年的酒，夕阳是迟到的爱，夕阳是未了的情。”老年人成熟、稳健，蕴藏无限魅力。老去是自然，老得精彩才是最美。

吴静和同事聊天时，老李看着她们兴高采烈地说说笑笑，他叹了口气，无奈地说：“岁月不饶人呀，想当年，我也算是风流倜傥，跳太空舞，吼秦腔，偶尔和一帮小兄弟酣醉一场。如今，老了，老得可惜了啦！”

“哈哈，真是可惜了啦！”在大家一片唏嘘声中，吴静想起老李每天疲惫不堪的样子，真觉得他老了。其实，老李刚过知天命之年，可是，整个人就一副懒洋洋的样子。上班时老踩着时间点到，工作也是拖拖拉拉，能应付就应付。好多次，吴静明明看他在看报，可是，不知什么时候就鼾声隆隆。基层单位有人来咨询业务，若他心情不好，会没好气地回答，很多人对他是望而生畏。同事们背后纷纷议论，都说他不应该依仗岁数大，摆老资格。

吴静想起她家隔壁的老张，多年前从教育岗位上退下来，一样是白发苍苍，可是，他却活得生龙活虎，有滋有味。老张白天参加社区里的夕阳红舞蹈队，和大家一起跳舞，其乐融融。晚上，钻进书房里练书法。一间小小的书房布置得温馨、典雅，笔墨纸砚、各种书籍应有尽有，散发着浓浓的书香气息。在明亮的灯光下，老张伏案而作，草书、隶书、楷书，不管是哪种字体的笔迹，都是那样遒劲有力、清冽而又从容，令人赏心悦目。累了，他就打开电脑上 QQ，或者翻开手机登微信，和朋友们聊天，俨然一位时尚达人。

有一次在朋友圈，看到老张和他的驴友们爬山的照片，吴静羡慕不已，给他点赞并留言：“老小伙，你真行呀，比我们年轻人还有劲头呢！”老张回吴静一个笑脸：“人老心不老，这样才能让自己活得漂亮、潇洒！”

可不是，老张的书法经常在比赛中得奖，参加的舞蹈队到处演出，朋友多的更是遍地，成了小城里的“名人”。已过古稀之年的老张在朋友眼中，还是那样风度翩翩，不减当年，很多人都赞叹不已：“老张虽然老了，但老得精彩呀！”

吴静有一位文友，他今年退休下来。当他说要拜吴静为师搞写作时，吴静不由得扑哧一声笑了：“我写作是为了赚些零花钱，补贴捉襟见肘的生活，您是为了哪般呀？”想不到，文友一本正经地告诉吴静：“我是为了让自己的脑子不生锈！”

就这样，他成了吴静最为年长的学生。文友特别喜欢阅读，一年时间，他专心读名著，写了很多美文，在全国各大报刊上发表了不少文章。每每有文字变成铅字时，他都会欣喜若狂地和吴静分享：“今天，我又有喜了！”看着老人眉飞色舞的神情，吴静能猜想到他晚年的生活过得是多么充实和快乐！

林语堂先生曾说过：“我们都喜欢古教堂、旧式家具以及绝版的旧书，但大多人却忘了老年人之美。古老的东西，饱经世变的东西，才是最美的东西。”这话想想有一定道理。老去并不可怕，老得精彩才更让人青睐。

时光飞逝，岁月无情。稍不留神，我们都会不知不觉地老去。我们应多一些闲情，多一些逸致，让生活精彩一些，快乐一些。

第三辑

倾听花开的声音

《鹤立荷塘》（国画） 三等奖
孙小晔 国网天水供电公司

喜欢一个人，爱上一个季节

冬天是个适合恋爱的季节，因为相爱的人可以拥抱着相互取暖。北方的初冬，又留下多少爱情的故事。喜欢一个人，爱上一个季节。爱上一个人时，什么都有了色彩，就连那个灰头土脸的冬季也是那么美。

在北方，冬天似乎来得早一些。一夜之间，叶落了，草枯了，水瘦了，昔日里青黛如墨的山峦也卸掉一身浮华外衣，显露出光秃秃的脊梁骨，真诚地袒露出生命的本色。北方的初冬，骨子里透露着些许从容和温情。

而那年的初冬有些异样，接踵而来的毛毛雨，不大也不小，沙沙，下个不停。年老的同事怨声载道："这鬼天气，老是下雨，下得人心里怪难受！"初来的年轻美女也皱起眉头，双手托着下巴，一副若有所思的样子。因为雨，整个初冬的世界一直湿漉漉的。有风吹过，凉飕飕的，树上的叶子禁不住风的呼唤，纷纷离开了树的怀抱，落了一地。

每天清晨，夏小雨打扫清洁区时，都会有很多落叶，只因为那里有几棵柳树。夏小雨能清晰地记得，过去的夏天里这些柳树曾是那样的蓬蓬勃勃、生机盎然，婀娜多姿的柳条垂下来，如同少女的秀发好让人欢喜。自古逢冬，悲寂寥。深深凝望着这一地的落叶，夏小雨的心里除了莫名的感怀外，更多的还是替那些柳树们高兴。因为，终于摆脱了一季的重荷，卸下那些表面上看似轰轰烈烈的虚无东西，变得安静下来，能轻松快乐地抬起头了。

初冬的乡村，也渐渐褪去了往日的喧嚣，农民们也不再忙不迭地奔波了。就像王蒙在《清明的心弦》中写的那样："什么适时播种呀，龙口夺粮呀，颗粒归仓呀，那属于昨天，也属于明天。今天呢，只见个个笑脸，户户柴烟，炕头已经烧热，穿开裆裤的孩子宁愿待在家门外边。”夜晚，男人没事坐在热炕头上，乖巧温顺的媳妇陪伴在家，谈论着村里的家长里短。这种娃娃、媳妇、热炕头的美好日子何尝不是一种幸福？

田地里的白菜、萝卜已经收回家了，只有门前的柿子树上还依稀摇曳着几个红彤彤熟透了的柿子。年幼时，夏小雨曾听村里的老人们说，留几个柿子看树。随着年龄的增长，夏小雨才渐渐懂得，树会老，人亦会老，人和树都怕老了孤独。不留几个柿子看树，树会难过。没有儿女在身边，老人也一样会孤单。

《延安精神代代传》（国画）
优秀奖　周静娟
中铝包头企业

冬来了，乡村里多了一桩桩喜事。年轻的男女脸上写满欢喜，打算在今年的第一场雪里举行一场最圣洁、最隆重的婚礼。于是，夏小雨常常被这样的情景所感动着：男孩骑着单车，女孩坐在后面，深情相依，紧紧揽着男孩粗壮的腰身，甜蜜而幸福。作家白落梅写道：“相爱的人厮守在一起，连光阴都是美的。我想说这句话的人，一定是爱过，唯有爱过才可以深刻地体会到，那种拥有以及被拥有的甜蜜。爱的时候，仿佛对山川草木都有了情感，每寸肌肤都可以在清风朗月下舒展。爱的时候，更会发觉自己是最幸福的人，粗衣素布也秀丽，淡饭清茶也温馨。”

北方的初冬，不经意间拨动了夏小雨那甜蜜而又快乐的心弦。她真心喜欢，并会加倍珍惜这份难得的美好。

思念是一种柔软的痛

“天涯地角有穷时，只有相思无尽处。”思念是一种柔软的痛。

秋夜如斯，残月如钩。李明月坐在电脑前，手中的鼠标漫无目的地在网上游走，无意间看到这样一首诗：

想一个人
想得这般凌乱
欲单欲双欲群
这是落叶的遐想
片片飘零的
是我埋藏了多年
没有停止的思念
……

顷刻间，李明月的心被隐隐触动。

回想自己情窦初开时，为了前排的男生而整日心不在焉，魂不守舍，只落得考试不及格，这种懵懂的思念，曾流水一样消耗掉她的青春年华；恋爱时，从见到男友的第一眼开始，他的一颦一笑像影子一样印在她的心底，一日不见如隔三秋，为伊消得人憔悴。这种爱的思念成了李明月人生旅途中一页最美的画面。婚后如水的日子里，匆忙的旅途中，总会遇到彷徨、犹豫和无助，这时李明月就会情不自禁思念一些人，那种感觉犹如春天里的一缕春风，荡漾在心间，使她有了生活的勇气。生活中，因为有人可思念而温暖；也因为有思念的人而疼痛，思念是一种柔软的痛。

思念是一个人内心情感最真实的倾泻，从来不需要刻意为之，它来的自然、平和，它无须伪装、做作。“十年生死两茫茫，不思量，自难忘。”这是北宋文学家苏轼悼念妻子王弗的词中经典的一句。还有李之仪那首《卜算子》：“日日思君不见君，共饮长江水。此水几时休？此恨何时已？只愿君心似我心，定不负相思意。”隔绝中的永恒的爱恋，给人一种江水长流情长长的感受，更让多少人肝肠寸断。思念爱人，我们感受到心底有种沉甸甸的痛，原来爱情让人如此牵肠挂肚。

小时候

乡愁是一枚小小的邮票

我在这头

母亲在那头

……

台湾诗人余光中这首脍炙人口的诗歌，牵起了多少游子思乡的清愁。

思念故土，我们的心被故乡的一切所牵绊，游子的心就在点点滴滴的乡愁中慢慢融化。

如果你独身一人客居他乡，斜阳西柳外，雾障北桦中，可有心爱的人占据心灵一隅？浪迹天涯，电话中听到久违而熟悉的声音，你是否思念乡下白发苍苍的母亲？忙碌奔波的生活中，你的心海是否泛起同窗好友的笑靥？

有思念，才有了久别重逢的欢畅；有思念，才有了意外邂逅的惊喜；有思念，才有了心花怒放的灿烂。思念是一种柔软的痛。

穿越时空回忆当初

每位女人的心上，都有一个刺青，挥不去，抹不掉。回眸过往，总有一些秘密，在心；总有一些故事，珍藏。

上高中时，何伊美常有文章在学生刊物上发表，有的连何伊美的通讯地址都刊登了出来，就这样，何伊美收到很多来自远方的交友书信。其中，有一位老家在南方，现在北方当兵的军人，与何伊美交往甚密，她亲切地称呼他“兵哥哥”。

那时，他们主要以书信交往。兵哥哥的字写得洒脱、大气，信中说他在大学时学的是理科，看了何伊美的文章后，想给她写封信。一个曾经学理科的军人，能喜欢何伊美的文字，真是幸福。

他们每周给对方写信，雷打不动，有时，每周写好几封。在信中，何伊美谈自己对生活的美好憧憬，对文化课的迷茫，向远在千里之外陌生的兵哥哥诉说自己的苦恼。兵哥哥给何伊美讲部队里的多彩生活，还有浓浓的思乡情。有一次，他还给何伊美寄来了一张照片。照片中，他穿着军装，笔直地站在一门大炮跟前，威风凛凛，潇洒气派。兵哥哥常常在信中给何伊美传授他当年的学习方法，鼓励何伊美好好学习，争取考上一所好大学。

可是，何伊美不是很争气，可怜巴巴的分数只够上当地一所普通大学。

那个假期，何伊美足不出户，蜗居在自己小小的房间里，白天抱着收音机听音乐，晚上给兵哥哥写信。夜静悄悄的，屋子里只能听见何伊美的写字声，她用文字向他倾诉自己的心声：羡慕班里的很多女生都有男朋友了，而自己仍然独身一人。她还给他写了一首情诗，字里行间表达了她对他的爱意。

兵哥哥在回信中说，他对何伊美也有朦朦胧胧的爱意，并希望他们一起为美好的明天而奋斗。

大学三年，对于何伊美来说，所有的情思全部寄托在兵哥哥的信笺里。盼信，拆信，读信，是何伊美最幸福的事情，那飘在信笺上的文字像片片寄托相思的红叶，带走了他们彼此的牵挂和思念。

大学毕业后，何伊美在当地的一所中学当了老师，而兵哥哥也退伍在家乡找了份工作，开始了新生活。亲人、朋友、同事都张罗要给何伊美介绍对象，因为心中有兵哥哥，她都婉言谢绝了。

由于忍受不了思念的煎熬，何伊美准备远赴兵哥哥的家乡去看他。可是，后来的一次电话沟通，让何伊美改变了初衷。

那时，一般的单位都安装了固定电话。有一天，同事喊何伊美说有她的电话，何伊美激动地边跑边问："谁的？""呜里哇啦，听不懂！"同事说。电话是兵哥哥打来的，也许是他过于激动，一不留神说了南方话，听得何伊美一头雾水，但又不好意思说自己听不懂。挂了电话，何伊美心里不是个滋味，她陷入了沉思之中。

一段用书信维系了好几年的爱情，何伊美动摇了。为什么会动摇，何伊美也说不清楚……也许是语言沟通存在障碍，也许是两个人未曾谋面，彼此没有朝夕相处，爱情只停留在信笺上。

一年后，何伊美和一位喜欢自己的男孩订婚了，他就是何伊美现在的老公。

结婚前一天，何伊美打电话告诉兵哥哥："明天我就要成为别人的新娘了，真心希望能收到你的祝福！"他听了，长时间沉默不语。何伊美知道，她伤害了兵哥哥。他们之间的爱情到此结束了，曾经的爱恋变成了揪心的疼痛。

日子如水，一转眼，他们都过了而立之年。当年的兵哥哥也成家了，有了漂亮的妻子，可爱的儿子，生活过得平淡、幸福。

去年，他们竟然又联系上了，何伊美邀请兵哥哥一家来她的家乡游玩。多年后的首次相见，两个人四目相对，虽没有当年信笺上说的柔情蜜意，但留给彼此的是美好的记忆。

闲暇时，翻看相册，看到兵哥哥当年身穿橄榄绿的照片，想起他们曾经的爱情，是那样浪漫且美好，他们可以穿越时空回忆当初，真好！

《爱》（重彩画） 优秀奖
舒玮琳　江西省赣州市于都县实验中学

一碗汤约定的幸福

爱是缘分，是两颗心碰撞擦出的火花；爱是灵犀，是一颗心与另一颗心的相通。爱是一朵红玫瑰，娇艳迷人，散发出淡淡的芬芳，让人沉醉。爱，有时很简单，简单到一碗汤就可以约定幸福。

邓清雪算是“资深美女”了，但还是“单身狗”，先前谈了几个男朋友都阴差阳错没谈成。不是她不满意人家，就是别人没看上她。父母为她的婚事心急如焚。为了却父母的心愿，邓清雪只要有人介绍对象，对方条件差不多就见面，真可谓：“装到篮里都是菜。”

有一次，单位的同事给邓清雪介绍和她年龄相仿的张晓轩。张晓轩家庭条件不错，工作也挺好，稳定、清闲。同事安排他们晚上在一家小有名气的酒店见面。

见面那天，张晓轩竟和几位好友一同赴约。这让邓清雪很诧异，真是奇葩，约会还有结伴的。饭桌上，张晓轩很兴奋，和好友们推杯换盏，却把主角邓清雪冷落在一边。这哪是相对象啊，简直就是朋友聚会嘛！即便如此，邓清雪又不好意思起身告辞，她只好硬着头皮待下去，百无聊赖地吃菜、喝茶。饭还没吃完，张晓轩就已经喝得微醉。后来，张晓轩接了个电话，说有事先离开。临走时，他对邓清雪说：“你在这等我，我办完事就回来！”

张晓轩走了，他的几位朋友都是第一次见面不熟悉，邓清雪有些尴尬紧张。这时，服务生端上来一盆青菜蘑菇汤，因为先前吃了油腻的原因吧，邓清雪很想尝尝淡汤的味道。可是优雅而礼貌的邓清雪没有先盛汤，而是让其他几位先盛，轮到她时，碗里除了清汤，难寻她最喜欢吃的青菜和蘑菇了。别人碗里泛着白嫩嫩的蘑菇，翠生生的青菜，点点香味扑鼻而来，无奈，邓清雪借故起身出去打电话了。

其实，那时喝不喝汤并不重要，重要的是邓清雪在等张晓轩回来。电话打完后，邓清雪回到饭桌旁，她的眼睛一亮，发现自己的那碗汤被人换了，青菜蘑菇全都有了。“快喝，都凉了！”席间，一位相貌平平的男孩虽已喝得微醉，但一看见她进来就热情招呼。

不用说，这碗汤自然是他的了，一股暖流涌上心头，邓清雪觉得那碗青菜蘑菇汤是她有生以来喝得最有味道的。

邓清雪望眼欲穿地等了很久，一直到深夜，也没等来张晓轩。也许那时邓清雪根本就没想到，她等待着的是一个和自己没有任何结果的人。邓清雪和张晓轩交往了一段时间后，发现他并不是自己的“菜”，就这样，他们就不欢而散了。

过了不久，有朋友又给邓清雪物色了个男友。说句实话，那时邓清雪对于看对象这事都有点儿麻木了，为了不辜负朋友的一番好意，抱着应付差事的态度又去见面了。让人想不到的是，这个人不是别人，就是那晚吃饭时给邓清雪换汤的那个男孩。他们俩凝视了良久，好像是熟人再次见面，有许多的话要说，可谁也没开口。很久，男孩才微笑着问邓清雪：“记得我吗？”“当然记得啊！”邓清雪红着脸说。

自此，邓清雪和那个男孩正式谈起了恋爱。到了谈婚论嫁的时候，男孩说他家在乡下，没钱没房子，不能让她吃生猛海鲜，只能给她清淡素雅、味道纯正的青菜蘑菇汤。邓清雪没有嫌弃男孩的清贫，他们结婚了。婚后，因为没房子住，三年来一直挤在他那狭小的单身宿舍，但一想到那碗青菜蘑菇汤，就让邓清雪回味无穷。虽然他们没钱没房，但就像那碗青菜蘑菇汤，有味道。

爱是一场灵魂的相遇，遇见你，就是缘分，也许是前世今生的约定。唯愿岁月静好，真爱永恒！

翻山越岭来见你

人这一生，至少该有一次，为了某个人，翻山越岭去看他（她），心甘情愿，不辞辛苦。这就是爱情的力量。

赵倩倩去西安，在火车上遇见一位女孩，20岁左右，亭亭玉立，特别是一件大红色的蝙蝠毛呢短衫很是惹眼，胸前还吊着两个白色小毛球。赵倩倩能想象得到，女孩走起路来随风摆柳，十分优美。

赵倩倩和女孩都是深夜沿途上来的旅客，女孩坐在赵倩倩的身旁。一上车，赵倩倩便拿出随身携带的小说打发寂寞的旅途时光，女孩则微闭着眼睛，抱头睡觉。天亮的时候，车到杨凌站了。这时，女孩醒了，她揉揉眼睛，趴在窗户上看了看，笑着问赵倩倩："姐姐，西安快到了吧？"赵倩倩看了看女孩，点了点头："很快就到了！"女孩听了，脸上难掩笑容，她急忙掏出手机打电话。

"起床了吗？你猜我在哪里？"赵倩倩没听到对方说了些什么，只看见女孩一脸的甜蜜。"我在开往西安的火车上呢，单位放假一天，人家可是三更半夜起床赶上火车的，穿越了大半个中国，为的就是来看你一眼呀！"说完，女孩的脸上划过一丝羞涩的红晕，满心的想念、牵挂、爱意全流溢出来，最是那一低头的温柔，如水莲花不胜凉风的娇羞。

看着女孩，赵倩倩想起了闺密李晶晶。李晶晶曾对赵倩倩说，她初恋那会儿，为了见到那个心上人，一路辗转几个城市，坐了一天一夜的火车，也不知疲劳。到了心上人所在的城市，已是华灯初上。她在火车站买了一份地图，经过打听，终于找到了心上人的住处。当她奇迹般地出现在心上人面前时，心上人感动得满眼泪水，半天没有说出一句话，真不敢相信那是真的。但，时过境迁，物是人非，他们最终没能牵手步入婚姻殿堂。那段美好的初恋时光，已成为李晶晶心中最美好的记忆。

如今，已到中年的李晶晶，每每谈起初恋，总是掩饰不住内心的喜悦和感慨。她说："人这一生，总要为一个人、一段路、一段情不顾一切地疯狂一次，即使犯了错，也无所谓，因为这么痴情的人，上帝也会原谅他（她）的。"

赵倩倩想到了自己，恋爱时，开始她对那个其貌不扬的男孩根本就没在意。可是，后来发生的一件事却让她改变了初衷。那时，赵倩倩在A城上班，男孩在B城。男孩打电话过来和赵倩倩聊天，聊着聊着，男孩突然冒出一句："我想你了！"赵倩倩笑了笑，随便应了一句："想见就来见吧！"此时，已是深夜了。没想到，一个多小时后，那男孩奇迹般地出现在她面前。只是让她不解的是，那男孩满身是血，神色惊慌，眼镜也不见了踪影。看到这一幕，吓得赵倩倩不知所措。难道是他和人打架了？遭遇抢劫了？

原来，男孩今晚就想见赵倩倩，于是他就骑着摩托车黑灯瞎火地往这赶，由于路况不熟，加之视力不佳，走到半路，一不小心，摩托车掉进了沟里，把他摔成这样。

男孩虽然有些冲动，但是，却把赵倩倩感动得一塌糊涂。那个男孩后来与赵倩倩牵手步入了婚姻殿堂。

诗人余秀华在诗中这样写道："我是穿过枪林弹雨去睡你，我是把无数的黑夜摁进一个黎明去睡你，我是无数个我奔跑成一个我去睡你！"睡你也罢，看你也罢，都是对爱情的执着和热烈。

"我爱你。我的爱真诚而清纯，我愿意，穿越大半个中国来看你，即使我们的爱没有结果，我也无怨无悔。因为，至少，我为你付出过。"这就是让赵倩倩铭记一生的，她老公的爱情宣言。

真爱的见证

男人和女人是在战争年代相识的。

有一次，男人骑马出远门，经过一个村子时，那匹马又累又饿，于是停下来歇歇脚，也好让马吃点儿草。男人有些口渴，想找户人家讨口水喝。他看见有一个姑娘坐在自家门口低头绣鞋垫，文文静静的样子。他走过去，向姑娘讨水喝。姑娘羞涩地起身回屋给他端来一大碗凉水，他一口气喝完了，递碗的一瞬间，男人发现这位姑娘很漂亮。正要转身走时，善良而美丽的姑娘竟送给男人一双绣好的鞋垫。

两人一见钟情。于是，男人在姑娘家住了几日。临走时问姑娘愿不愿意嫁给他？姑娘点点头。男人给姑娘的父母留了些钱，把姑娘扶到马背上，一起回到男人的家乡。

婚后，他们生了6个孩子，当时女人和孩子都住在农村。生第7个孩子时女人的肚子疼得受不了，村里的接生婆赶来时，女人已是嘴脸乌青，流了许多血还不见孩子出世。接生婆说：“大人和小孩恐怕是保不住了！”听了这话，他们十几岁的儿子跑到公社给男人打了电话。

男人到家时，女人已奄奄一息，他急得直冒汗，于是，抱起女人送上车，直奔县医院。

女人和孩子的性命是保住了，可男人却永远地闭上了眼睛。医生诊断：亡者死于心力衰竭。后来，女人告诉孩子们，他们的父亲早就患有心脏病，不能太激动、太紧张。

男人去世时，女人才 36 岁。那时，虽然想娶女人的男人很多，她一个也没答应。她说，今生再无人能及哥哥（女人对男人的敬称）。当时日子确实过得非常艰苦，为了 7 个孩子，女人凭着不凡的持家能力，没让他们 7 个孩子饿过一顿。

女人活到 86 岁离开了人世，她为她心爱的人守了 50 年的寡。女人弥留之际，人瘦得皮包骨，她告诉孩子们，将那个黑皮箱同她一起埋葬。

孩子们打开那个黑皮箱，原来箱子里装的是一双双绣好的鞋垫，那是给她的男人绣的。这时，孩子们终于明白，这些鞋垫里埋藏着母亲后半生的孤独与寂寞、沧桑与辛酸，埋藏着母亲对父亲忠贞不渝的爱情。孩子们没有把这箱鞋垫埋葬，而是分了七份，每人珍藏了一份。

真爱需要见证。当许多东西随时间推移而消失时，那些留存下来的真爱见证必然会因爱情的美好而熠熠生辉！

《思》（工笔画）　二等奖　彭洋
山西焦煤和泰园林绿化工程有限公司

不要把爱低到尘埃里

人生在世，能全身心地爱着一个人，这是多么美好的一件事。但是，不要把爱低到尘埃里，因为这样你会成为爱情的俘虏，很容易受伤。

宫沙羽的同事小玲是很多男人心目中的“精品女人”，漂亮不说，还很能干，幽默风趣，她走到哪里都是笑声一片，是大家的开心果，很受大家欢迎。特别是轮到值班时，年轻的男同事争着抢着要和小玲排一个班；工作需要帮忙时，帅哥们更是争先恐后地向她伸出援助之手。那些上了年纪的女同事为此而羡慕妒忌恨，就连好友宫沙羽也啧啧赞叹：“小玲魅力很大啊！”每每这时，小玲总是诡异地笑着：“那是的，咱人缘好，没办法呀！”

可是，谁也不会想到，就是这样一个很受大家欢迎的美女，在遇到自己心爱的男人后，却当了爱情的俘虏。

每到周末，小玲总会陪男友一起去郊外兜风。有时候，也会约上三五好友去KTV唱歌跳舞。在大家眼里，长得一般般的男友却在小玲那里成了“香饽饽”，像天上掉下来的“星星”一样百般呵护着。

有一次，宫沙羽无意中发现小玲的胳膊上青一块紫一块，问其原因，小玲慢吞吞地说出真相：“是他掐的！他嫌我不会喝酒，在聚会上给他丢面子了！”宫沙羽惊讶地看着小玲，有些不可思议，这位平时受男同事追捧的美女在自己的爱情里却如此懦弱、卑微。宫沙羽想了想，摇摇头说：“他其实不爱你，如果爱你，不可能这样对你！”那些经常围在小玲周围的男同事也心疼地劝道：“分手吧，他不是你的菜！”

小玲迷失在自己的爱情里，中了魔一样，分不清好坏，像个可怜的俘虏，心甘情愿地为心爱的男人付出所有。

不顾一切地去爱一个不爱自己的人，受伤的只会是自己。后来，小玲才发现男友一直爱着一个有夫之妇。痛定思痛，她考虑了好久，终于下定决心与男友分手，从痛苦中走了出来。

经历这次沉重的打击后，小玲成熟了许多，她对爱情也有了自己的看法：爱情并不是付出的越多就收获越多，当你付出了爱却收获不到爱时，就应放手。是的，爱是相互的，爱是平等的，不做爱情的俘虏，要有尊严地去爱！

《期盼》（油画）　三等奖
杨晓辉　四川省成都市简阳市简城第三小学

一直在等你

一直在，是个很执着而又暖心的词语。很多时候，美丽的情话不是一句“我爱你”，而是我一直在等你，一直在……

赵娜娜爱好写作，经常向报纸杂志投稿，所以与一家晚报的副刊编辑李嘉豪很熟。但二人好久没联系了。

一天，赵娜娜登上QQ，给李嘉豪留言：“曾以为你还像往常一样喜欢我的文章，今天才发现不是自己想象的那样，心中难免有些失落感。”一天后，赵娜娜终于看到了李嘉豪的留言：“很抱歉！以为你退出江湖，不再写了呢！”

对于朋友，我们也有过类似的想法：以为彼此会永远在一起，走着走着，就散了。其实不然，谁都没离开过谁，一直在身边，关注着你，陪伴你。

赵娜娜的朋友王蓓蓓，聊起她的爱情，心中满是遗憾。青春年少时，王蓓蓓遇见一位心仪的帅哥，他远在南国边疆工作，而王蓓蓓在北方。两个人只能靠鸿雁传书，表达彼此的爱慕和相思，每周一次的信笺来往成了不变的生活主题，浪漫而美好。小心翼翼地拆信、读信，然后，夜深人静时，趴在桌上将心里的缠绵悱恻用文字表达出来，如涓涓流水，向着远方淌去。想象着对方充满期待的双眸，内心无比激动。

这样美好的恋爱时光维持了半年之久。后来不知为什么，帅哥的信戛然而止。王蓓蓓说，她坚持写了好几封信都没有回音，猜想帅哥也许是移情别恋了，抛弃了她！失恋的痛苦让王蓓蓓难以忍受，那段时间，她吃不下，睡不着，寝食难安，人一下子消瘦了许多。

时间是消除痛苦的良药。随着时间的推移，王蓓蓓慢慢从失恋的痛苦中走了出来。再后来，王蓓蓓遇到一位真心喜欢她的男孩，相处了一段时间，他们结婚了。

两年后，那位帅哥只身一人突然出现在王蓓蓓面前。帅哥看到心中一直思念的女人，如今已结婚生子，泪水流了出来，手中握着的一沓没有发出的信“哗啦啦”散落一地。

原来，那年帅哥接到一个非常紧急的工作任务，没有来得及给王蓓蓓写信告知一声就出国了。可这一别，就是漫长的两年时间。

两年里，孤独和思念从未停止过。可是，王蓓蓓却全然不知情，以为他变心了，抛弃了她。原本一对鸳鸯没用棒打就散了。

等待，一直在等待，等待你爱的那个人来到你身边。不要因为没有坚持等待，而错过美好的姻缘。

《雪乡》（版画）　优秀奖
孟庆云　黑龙江省大兴安岭地区教师进修学院

执着追求你爱的人

执着是一种情怀，是不忘初心，始终如一，是不到黄河心不死的恒心，是不到长城非好汉的毅力。在爱情中，执着就是梁祝化蝶的永恒，情比金坚。

同事吴凯说，他国庆节要结婚了，并邀请大家参加他的婚礼。当大家问新娘子是谁时，吴凯笑着说："还能是谁呀，海燕呗！"听了吴凯的话，大家都唏嘘不已，不约而同投去诧异的目光。

海燕是几年前来单位的大学生，年轻漂亮，是大家公认的小美女，他对工程师吴凯更是崇拜有加，一直是他忠诚的粉丝。可是，吴凯却对海燕不冷不热，有时候还会当众数落她，让海燕很没面子。有关系不错的同事私下里劝海燕，爱情是求不来的，低三下四地讨好，没有了自尊，也未必打动男人的心。可是，海燕却执迷不悟，还信誓旦旦地说："我就是喜欢他啊！"对于这个无药可救的傻女孩，大家无语。

没想到，海燕的执着还真感动了吴凯的铁石心肠。同事们为她高兴之余，难免有些不解。有人问吴凯："你小子不是对人家姑娘不来电吗？怎么迷途知返了？"

吴凯先是哈哈大笑，然后一本正经地说，他起先确实对海燕不来电，且自己一直追求一位条件更好的女孩。每周，他都要开车去另外一个城市，和心仪的女孩约会，为了表示自己的诚心，他省吃俭用，给女友买高档衣服，带她吃好吃的。可是，他苦苦追了她三年，女友始终没有答应嫁给他。前段时间，还正式提出了分手，这让他伤心不已。

但是，海燕不离不弃，终爱着他，从未改变。海燕的一片真心最终感动了吴凯。吴凯才发觉，最真的爱其实就在身边，只是自己以前未曾在乎罢了。

一代才女张爱玲和胡兰成相知相爱后，世人都觉得这样的爱情有些不可思议。胡兰成的身份是汉奸，又有妻室，年纪大到几乎可以做她的父亲；而张爱玲出身名门望族，气质美如兰，才华馥比仙。两个人的差距很大，亲人朋友都为张爱玲惋惜。可是，张爱玲不以为然，全心全意去爱胡兰成。就这样在人们诧异的目光中，张爱玲爱得忘乎所以，爱得那样超凡脱俗，执着而美丽。就像她说的那样：“遇见你我变得很低很低，一直低到尘埃里去，但我的心是欢喜的，并且在那里开出一朵花来。”

精诚所至，金石为开。真心总是让人感动的，执着追求你爱的人，总有一天，你的真心会打动他（她）。

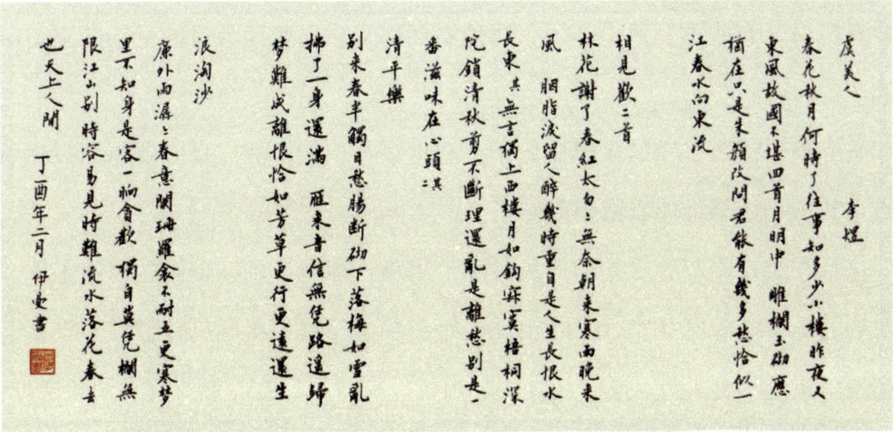

《虞美人》（楷书） 优秀奖 乔伊曼 山西潞安集团高河能源公司

不要错过那个对你好的人

一辈子很短，也很长，遇见的人很多，但是，真心真意对你好的人却难遇。如果正巧碰上了，那么，就应该珍惜。

李婧琪晚上闲着没事，打开手机，看到朋友圈里的一个故事。说是一男人早晨出门时，发现门口竟然有条死鱼，他感觉十分晦气，于是马上把它装垃圾袋扔了。过了一天，又有一条鱼躺在门口，他还是把鱼扔了。为了抓住那个搞恶作剧的人，他选择第二天待在不远的楼梯口盯着。不久，一只猫走了过来，把嘴里的鱼放在门口，有些不舍地离开了。当他看到那只自己曾经救过的受伤的猫，眼睛湿润了……

看完这个故事，李婧琪感慨万千，心情久久不能平静。真心要为那只感恩的猫点个赞——如果猫能看微信就好了。

这让李婧琪想起她多年前遇见的那个男孩。那时，她在偏僻的乡镇工作，男孩每周五总会骑着摩托车，准时出现在她们单位门口来接她，并带很多零食，除了超市里买的小食品外，还有红红的野樱桃。有一次，他带来一只刚杀的老母鸡，说李婧琪体质瘦弱，需要加强营养，补补身子。李婧琪哭笑不得，好不容易减肥成功了，竟然让她滋补，这不是扰乱她的减肥计划吗？

那个男孩对李婧琪的好着实让她感动。可是，李婧琪心里却不是很在乎他，有时还冷落他。

经历无数次情感的失败后，李婧琪才想起了那个曾经对她死心塌地的男孩，可是，他却成了别人的新郎。朋友们都为李婧琪感到惋惜，他们说再热的心，如果不被重视也会凉，过了这个村就没那个店，错过了，就不会再来。

错过一班车，可以有下一趟，而错过了一个人，可能就是一辈子。学会珍惜，不要把一个对你好的人弄丢了，因为，一辈子碰到一个这样的人不容易。失去了，就再也找不回来了。

《林泉隐寺》（国画） 优秀奖
杨晓颖 云南省保山公路局

要玫瑰花，还是要排骨汤

在爱情面前，是选择玫瑰花还是排骨汤？聪明的女人懂得，没有排骨汤保证的爱情最终总会被生活销蚀，因为再美的玫瑰花也会凋谢。爱情就这样让人纠结，一半海水，一半火焰，取舍之间在于你的内心。

情人节来临，商场里、网上铺天盖地的玫瑰花弥漫了白依萍的眼帘，人到中年的她多少有些留恋和羡慕。说句实话，白依萍长得算不上漂亮，也非对不起观众，可这辈子从没真正收到过别人送的玫瑰花，就有一次难得的机会，却错失了。

那年，白依萍 27 岁，还没有找到梦中的那个“白马王子”。父母急得就像热锅上的蚂蚁团团转，白依萍只能降低标准，抱着碰碰运气的想法，将就自己的终身大事了。那段时间，有两个男孩走进了白依萍的世界，一个是隔壁单位的刘伟；一个是朋友介绍的白东升。

因为单位离得近，每天上下班白依萍都能和刘伟见面。下班后，刘伟经常来陪白依萍打乒乓球，常常心甘情愿地败给她。刘伟长得玉树临风，皮肤白皙，见人总是会送上春天般的笑脸，是大家公认的“小鲜肉”，追求他的美女自然不在少数。可是，在白依萍眼里，不知为什么，总觉得他们之间好像还缺少点儿什么。

白东升则其貌不扬，灰头土脸，是化工厂新来的员工。自从白依萍和白东升经朋友介绍相识后，白东升就像着了魔一样，有事没事找借口接近她。有一次，白依萍得病住进了医院，白东升知道后，没和她商量就请了假，买了礼物带着住院所需的用品到医院陪护她。白东升很细心，无微不至地照顾着她，怕她无聊，还买了很多她喜欢看的书。同病房的患者都羡慕地说："这个娃不错，心诚，勤快，依萍没看错人！"白依萍有心无心地翻看着朋友圈，不免有些矛盾。其实，那些天，刘伟也天天发微信嘘寒问暖，叮嘱白依萍记得按时吃药，说他工作忙不能来陪她，请她理解。完了，还会送上无数个拥抱的表情。

情人节那天，白依萍正好出院。白东升早早就来到医院，忙前跑后为她办理了出院手续。为了庆祝白依萍病愈出院，白东升决定请她和她的闺密一起吃饭，好好庆祝一下。

大街上，到处弥漫着玫瑰和巧克力的芳香，年轻的热恋男女脸上洋溢着甜蜜的笑容。望着花店里那鲜艳的玫瑰花，白依萍对身边的白东升说："多漂亮的鲜花呀！"她的心思不言而喻，心想，白东升会毫不犹豫地给她买玫瑰花的，可惜，他却没有。白东升笑着说："我请你品尝'骨肉相连'吧！补补身子，实惠！"白依萍的心凉了半截，一句话也没说。

到了预定的饭店，等了一会儿，服务员陆续上菜。不一会儿，白东升说的"骨肉相连"那道菜端上来了。原来，那是香喷喷的排骨汤，闻着就有食欲。白依萍拿起筷子，正准备品尝时，她的手机响了，是刘伟打来的。电话那边刘伟轻柔地说："快来吧，亲爱的，我买了 99 朵玫瑰花，等着你呢！"刘伟的话顿时让白依萍心花怒放，白依萍起身，正准备离开时，坐在她旁边的闺密拦住了她。

闺密像位长者一样，给白依萍讲了一个故事。说是一头驴，在两垛青草之间徘徊，欲吃一垛青草时，却发现另一垛青草更嫩更富有营养。于是，驴子来回奔波徘徊，没有吃上一根草，最后竟饿死了。闺密笑着说，在爱情面前，希望我们能多一些冷静的思考，不要做一头可怜的驴子。

白依萍听懂了闺密所讲故事的寓意，想想这些天白东升为了照顾好自己，付出了多少辛苦；再看看他特意为她点的"排骨汤"，她思考了一会儿，坐了下来，拿起筷子大口大口地吃排骨，端起碗大口大口地喝汤。

其实，爱情就这么简单，就是那个人真心对你好，病了，他照顾你；饿了，他给你点排骨汤。

那天，白东升执意要给白依萍再买件礼物，若喜欢也可以买一束玫瑰花。但她说："鲜花不会新鲜多久的，'骨肉相连'味道更合意！"后来，白依萍为白东升披上了洁白的婚纱，做了他梦中的新娘。

转眼，好多年过去了。白依萍确信自己当年的选择是对的，虽然错失了99朵玫瑰花，但却喝到了味道鲜美的排骨汤，那味道和现在的生活一样美！

《莲叶何田田》（丙烯画） 优秀奖

海春华 云南省玉溪公路局

有一种爱叫放弃

花开是片落泪的海。花开季节的少女，情窦初开，一般都会经历一段情，上演一场爱情戏。多年以后想想，有美好，有伤感，有后悔，也有无奈。

那年，许若彤刚参加工作，在一所中学教书。由于离家远，一周或是两周才回家一次。每天下班后，爱打篮球的她，常常和一些同事打球。球场周围绿树成阴，还有盛开着的粉红色的木槿花，俨然一个小花园。活泼好动的许若彤，不像其他女孩子，文文静静，她却喜欢打篮球。

那次，在球场上，当许若彤手中的篮球划出美丽的弧线入网时，在众多的围观人群中有一位帅气的男人用异样的眼神看着她。他就是张昊然。张昊然身材高大魁梧，穿着清爽的白衬衣，像是位彬彬有礼的绅士。球场上的许若彤玩得兴起，一次抛投后，随意看了看围观的人群，恰巧与张昊然对视，张昊然火辣辣的眼神让许若彤年轻的心开始沸腾。张昊然向许若彤微微一笑，便踱着矫健的步子离开了。

一种似曾相识的感觉涌上心头，“梦里寻他千百度，蓦然回首，那人却在灯火阑珊处。”张昊然的身影从此映入许若彤的脑海中，挥之不去。从这以后，许若彤几乎每天都要去玩球，开始有所期待，希望和张昊然相遇。

一次，许若彤去参加校外会议，机缘巧合又遇见了张昊然。他坐在主席台上，向许若彤点头，以示问好。整个会议期间，许若彤不敢正视张昊然，她怕他火一样的目光将她的心燃烧。一个多小时的会议，许若彤始终低着头。其实她心里多么想看看张昊然，但最终还是没有鼓起勇气。

“许老师！”散会后，许若彤正想逃出门去，听见有人在叫她。一转身，原来是张昊然。许若彤的脸变得绯红，一时不知所措。

“你的篮球打得不错啊！”张昊然说。

“噢，一般，一般！”此时的许若彤心怦怦地跳，很紧张的样子。

从那次相识后，张昊然的身影就像印在许若彤的脑海里一样，难以抹去。校园里的木槿花依然盛开着，粉粉的，美极了！许若彤开始有意打扮自己，穿高跟鞋，穿裙子，“大宝”换成了时尚粉饼，对着镜子把并不白皙的脸一遍又一遍地搽白，她想把自己打扮得像木槿花一样美丽。

下班后没事，许若彤就去找张昊然聊天。张昊然的幽默、健谈，像一块磁石深深吸引着许若彤。见不到张昊然的日子，许若彤变得很郁闷，那些触摸不到的不悦，淡淡地飘在她心中。

一个明月高悬的夜晚，她们坐在一起却彼此无语，月色里两个人紧紧地靠在一起。晚风吹来，吹散许若彤飘逸的秀发，舞乱了张昊然不安的心。

“我喜欢你的长发！”张昊然轻轻抚摸着许若彤的长发说。

张昊然温柔的触摸，让许若彤的内心燃起了一团火，身体有些发热。

……

熬过那个寂寞难耐的假期，当许若彤见到思念已久的张昊然时，竟得知他被调到别的地方工作了，而且提出了分手，理由是异地恋难修正果。突如其来的变故，让许若彤顿时有一种掉入冰窟窿的感觉，浑身冰凉冰凉的。

木槿花开始飘落的时候，许若彤也调到其他城市工作。走的那天，她打电话向张昊然告别，半天，张昊然才接电话，只说了两个字：“走吧！”便匆匆挂了电话。再打，就是无人接听。那一刻，好像有一把刀刺入许若彤的心，疼得她泪如雨下……

来到新的单位，许若彤沉默寡言，不爱说话。

一个深夜，许若彤收到张昊然发来的短信：“木槿花种到盆里，便永远是花；种到地里，就会长成一棵树。它不仅需要阳光和土壤，还需要更大的伸展空间……其实有一种爱叫放弃。”

刹那间，许若彤似乎明白了什么。

多年后，每当木槿花盛开的时候，许若彤不由自主地会想起张昊然。感谢缘分让他们彼此相识，感谢岁月让她体会到爱的味道，只是心底那道伤痕，一生也难以抚平，并且随着青春的渐老一触即痛。

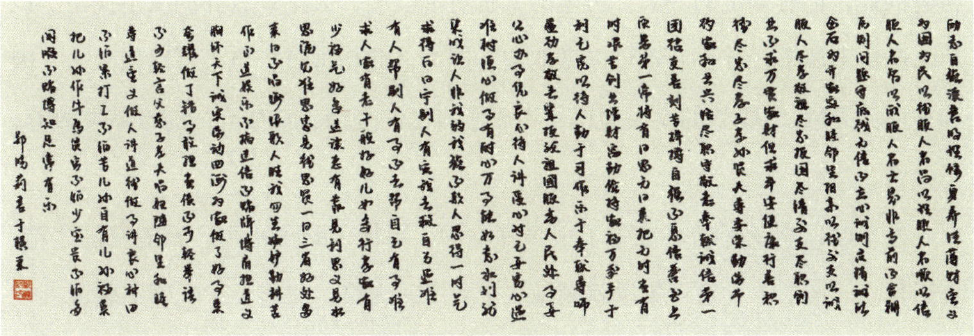

《“手扶正义　肩挑道义”家训家规立言》（行书）　优秀奖
郑晓莉　延长石油集团油田公司横山采油厂

该放弃的不挽留

莎士比亚曾说:“再好的东西都有失去的一天。再深的记忆也有淡忘的一天。再爱的人，也有远走的一天。再美的梦也有苏醒的一天。该放弃的决不挽留。该珍惜的决不放手，分手后不可以做朋友，因为彼此伤害过！也不可以做敌人，因为彼此深爱过。”聪慧的女人懂得，不属于自己的爱情，该放弃的时候就要放弃，不挽留。

春节时，李秋曼精心准备了很多好吃的，可惜，剩了不少，只能塞进冰箱，以后再吃。节后一上班，家里就剩她一个人了，无奈，只能天天吃剩菜剩饭。

这样一来，经过几天的“大决战”，这些美食终于让李秋曼消灭得差不多了。一天下班，李秋曼拉开冰箱的门，一盘子做熟的饺子映入她的眼帘，看着那些饺子，李秋曼想晚餐有了。于是，她在锅里滴上油，煎起了饺子。煎完后，狼吞虎咽地吃了起来，吃着吃着，有一种反胃的感觉，很不舒服。

李秋曼心想，莫非是这饺子放时间太久了，坏了，不能吃了。过了一会儿，伴随着腹泻、呕吐，难受得要命。李秋曼开始喝水，一杯接一杯的。那晚，虽然没有大碍，但是折腾得她一宿没睡好觉。

想起同一办公室的范姐，前段时间脸上一夜之间起了很多红疙瘩，往日里细腻光洁的皮肤猛然间差得判若两人。李秋曼知道，范姐和所有的女人一样，是位爱美的女子，定期还要去美容院做护理的。当她们问起疙瘩的原因时，范姐笑了笑，不好意思地说:“都怪那些过了期的化妆品。那是一套女儿从国外带给我的生日礼物，放在柜子里一直舍不得用。前几天，才拿出来打算试试，可是，只用了一次，就成这样子了。”听了范姐的话，大家唏嘘不已。都说，化妆品再好，也是过了期的，抹在脸上确实起了反作用，不能再用了，要扔掉。

李秋曼上大学时，曾和一位帅气的男同学谈恋爱。大学四年，她们俩卿卿我我，如胶似漆，是大家羡慕的一对。可是，临到毕业，男孩却不愿意跟随李秋曼回自己所在的小城，而是选择了另外一个大城市工作。当李秋曼千里迢迢去看他时，才知道，男孩是为了另外一个女孩才做出这样的决定。想起她们曾经的花前月下，海誓山盟，李秋曼的心如刀割一般，疼痛难忍，几天时间，人憔悴了许多。闺密安慰她说：“既然人家已经变心了，何必放不下心里的千千结？该放弃的不挽留。”听了闺密的好言相劝，慢慢的，李秋曼终于从痛苦的阴影中走了出来。两年后，遇见了她现在的老公。

放坏了的食物，过了期的化妆品，变了心的人，还有坏心情，都是我们人生路上该扔掉的东西。这样一来，我们才能摆脱羁绊，轻装上阵，阳光、快乐也会伴随而来，生活也会过得轻松而快乐。

《家和业旺》（剪纸） 优秀奖
刘静怡 莱钢集团有限公司

倾听花开的声音

“宠辱不惊，看庭前花开花落；去留无意，望天空云卷云舒。”静下心来，看淡一切，就会倾听到花开的声音。

刚参加工作那年，张朵朵就谈了个男朋友。可是，缠绵悱恻的爱情却经不住现实的考验，不长时间，这段感情就宣告结束。随之，张朵朵的心也碎了。工作中连连出错，经理指着张朵朵，狠狠地训斥道：“你呀，什么都干不成，草包一个！”祸不单行的日子，压得张朵朵喘不过气来。

张朵朵请了长假，回到遥远的老家。一踏进家门，就窝在自己的房间里，蒙头大睡，泪水浸湿了被子。

父母看出了端倪，母亲叹着气，坐在床头，安慰张朵朵：“人活一世不容易呀，什么坎都得过去。你刚刚走上社会，经受点儿打击算什么，坚强点儿！”第二天，在母亲的陪伴下，张朵朵落寞地走出了屋子。外面，一抹柔柔的阳光乍泄开来，明媚、开阔。爱养花的父亲正忙不迭地打理着他的花。一盆夹竹桃开得绚烂无比，粉红粉红的，热情奔放，鲜艳的花朵镶嵌在其间，压得枝干都弯了下来，空气中弥漫着淡淡的花香。凝望着怒放的花，想起男友的决绝，工作的受挫，再美的风景都不能驱散心中的阴霾。

这时，父亲抬头看了看张朵朵，然后又站在那棵夹竹桃下说：“妞妞，快来听呀，有花开的声音呢！”张朵朵起身，弯腰，靠近那棵盛开的花前，侧耳倾听，却什么也没听到。张朵朵一脸茫然，疑惑地看着父亲，不解。父亲呵呵地笑着："孩子，总有一天，你会听到花开的声音！"

经父母的开导，张朵朵试着学会忘记初恋的伤痛，努力地工作，想用忙碌填充情感的空白。日出日落，花开花谢，日子就这样一天天地流走。

多年后，张朵朵终于找到了爱自己的那个人，并有了幸福的家庭；工作中再也不是丢三落四，毛毛草草地敷衍了事，成了单位的骨干。

历经世事的沧桑，凡事都能从容面对。这时的张朵朵成熟了，有了一颗淡定的心。

前几天，张朵朵驱车回家看望父母。不经意间，又看见了那盆已经养了好多年的夹竹桃，它没有变得老干虬枝，古拙苍劲，依然繁衍着一嘟噜一嘟噜的花朵，细长的叶子碧绿欲滴，给小小的院落增添了勃勃生机。忽然想起当年父亲曾跟她说过的话，张朵朵不由得凑近，寂静中，耳边传来轻微的声音。抬头看了看这棵夹竹桃，她会心地笑了。

一旁的父亲连连点头，像是猜到了张朵朵的心思。他说："静下心来，用心聆听，就能听到花开的声音。"

《幸福家园》（国画）　优秀奖

赵代藏吉　甘肃省武威市天祝县幼儿园

第四辑

每年春天都陪你看花

《枸骨》（工笔画）　二等奖　严子秦　兰州铁路局定西工务段

女人，要懂得心安茅屋稳

幸福是什么？罗素说，幸福是永远相对的，因为宝贵而珍惜，因为珍惜而幸福，这永远是获得幸福的真理。爱到深处，就会深感幸福至极。

结婚不到一年，夏萌萌就对自己的婚姻有些厌倦了。

夏萌萌的老公萧辉不抽烟不喝酒，老实巴交，对夏萌萌那是真好，捧在手上怕摔了，含在嘴里怕化了。吃过饭，夏萌萌还没来得及洗碗，萧辉就系上围裙，在厨房里忙活开了。望着萧辉忙碌的样子，夏萌萌叹了口气，哎！怎么嫁给了这么没出息的男人，就知道围锅台转，围老婆转。怎么就不像其他男人那样想方设法挣大钱，干点儿惊天动地的大事呢！这样平平淡淡的生活她有些过腻了。

夏萌萌跑到好友张小雪的家里，哭泣着告诉张小雪这个不是冲动的念头：我要离婚。张小雪是阔太太，浑身上下珠光宝气，快 40 岁的女人了，保养得水嫩嫩的。张小雪听了夏萌萌的话，嘴角露出一抹微笑，向她讲述自己的婚姻。

老公是钻石王老五，能给她想要的跑车、别墅，还有大把大把的钞票，那真是要风得风，要雨得雨，无所不能。可是，她的老公每月在家待的时间屈指可数，就像一首歌中唱的那样“像雾像雨又像风”，来去匆匆，有时忙了，一连几个月也见不到人影。多少个孤独的黑夜，她从噩梦中惊醒，满脸泪水。他们的房子面朝大海，也春暖花开，可是缺少一个真正爱自己的人，谈何幸福？张小雪说着，眼睛不知不觉湿润了。

夏萌萌一直羡慕单位同事刘姐的婚姻。刘姐老公是一家民企总经理，走到哪里都受欢迎，好不威风。

一天，夏萌萌小心翼翼地敲开刘姐的家门，一进门，酒气扑面，本就闻不惯那种气味的她差点儿吐了出来。原来，刘姐的老公因应酬喝多了，躺在沙发上烂醉如泥，衣服上、沙发上弄得脏兮兮的，屋子里的东西摆放得乱七八糟。夏萌萌对刘姐说："还是把姐夫搀扶到屋子里休息吧，都成这样了！"刘姐叹口气，无奈地说："哎，他经常这样，没事的，人家事业重要！"

夏萌萌准备向刘姐倾诉她"不幸"的婚姻，可是还没开口，刘姐就开始说她老公了，什么事业狂，不顾家庭，对她像个陌生人……听着刘姐像个怨妇一样唠叨，夏萌萌什么也没说，坐了一会儿，便起身告辞。

《秀美山河》（国画）
优秀奖　李彦
中车株洲电力机车有限公司

走路回家，走到小区门口，夏萌萌瞥见路旁卖水果的夫妇。时值三伏天，一把太阳伞下俩人皮肤黝黑，脸上汗水盈盈。男人忙不迭地看秤，女人在一旁拿个小包收钱，把灿烂的笑容送给每一位顾客。一年四季，春夏秋冬，他们俩经常是这样静静地守着不大的水果摊，守护着他们的爱情。瞬间，夏萌萌的眼前浮现张小雪的孤独，刘姐的无奈，她恍然大悟，原来自己一直生活在幸福中。

萧辉平凡，可是有一颗疼爱她的心。"心安茅屋稳，性定菜根香。"拥有一位挚爱你的人，此生还有什么可奢求的呢！想着，夏萌萌加快脚步，朝家的方向走去。

爱，只是一句话

“择一城终老，遇一人白首。”真心爱你的那个人，也许不会甜言蜜语，但会一生一世守护着你，掏心掏肺愿意为你付出一切。因为，对他（她）而言，爱你已经成为一种习惯。

她20岁那年，和他相识相爱了。她娇小玲珑，聪明活泼，他则高大魁梧，玉树临风。他们走在街上，好多人都会投来羡慕的目光：“真是天造地设的一对啊！”

婚后，他继续在工厂上班，两点一线，中规中矩。她依然是这个城市里的候鸟，飞翔是常态，与他比翼齐飞。

有一天，他怜惜地对她说：“你瘦了，还是回家吧，我养你！”

她望着他深情的目光，笑着回答：“现在流行骨感美，你看哪个女明星不瘦？我省了不少减肥的钱呢！”

最后，她拗不过他，还是回家做了“全职太太”，变成了一只留鸟。这样也好，再也不用风里来雨里去四处奔波了，再也不怕迟到扣工资，再也不用看老板的脸色行事了。

凡俗的日子里，他们过得平静而真实。他下班时，她在家已经做好了香喷喷的饭菜，饭桌上他俩面对面，头对头，吃着说着笑着……小小的出租屋里不时传来幸福的笑声。

她30岁那年，才生了儿子。她坐月子的时候，从不做饭的他无论工作多么忙，回家第一件事就是学着给她做最爱吃的辣子鸡丁、菊花鲫鱼。

一个月下来，她变得又白又胖，水嫩嫩的，看着年轻了不少。出了门，有人竟说她皮肤白了，变漂亮了；而他却瘦了。

不久，他工作的厂子倒闭了。整整半月时间，他窝在家里不停地抽烟，腾起的袅袅烟雾就像他俩心头的一片愁云，氤氲在日子的上空。

她叹了口气，哽咽着和他商量："要不，我出去找份工作吧？"他摇摇头，不吭声。

他在劳务市场找了一份打零工的工作，蹬起了三轮车，早出晚归，风吹日晒。她依然赋闲在家，看孩子，给他做清淡的家常饭菜。

她 50 岁那年，儿子大学毕业，找到了一份体面的工作，还领回来了漂亮的女友。那天，他们照了一张全家福。照片中，他又黑又瘦，夹在他们中间，小得像一个干瘪的苹果；而她发福的体态丰腴，弥勒佛一样微笑着，身旁的儿子和儿媳更是高出他一大截。

看着照片，想起当年的他们，她心里一酸，眼泪夺眶而出。

她对他说："你瘦了！"

"你瘦了！"多么暖心的一句情话。爱是心心相印，爱是不离不弃。爱不一定轰轰烈烈，也许只是平平淡淡的一句话："你瘦了！"简单，却刻骨，让人铭记。

爱一个人，就是在漫长的时光里，和他一起成长，共同承担生活的风雨，甚至亲眼看着彼此凋零在岁月的长河里。

人生中，总会有一个人在你身边默默地陪伴，给你温暖，给你爱，生命之花才绽放得如此温柔妩媚，芬芳迷人。

懂你多少，就爱你多少

即使全世界都抛弃了你，但我会一直在你身边，与你白头偕老。这就是爱。

历经四年的爱情长跑，冲破亲朋好友的重重阻挠，李若雨终于嫁给了苏浩凡，做了他美丽的新娘。可是，再美好的爱情在现实面前也会撞得面目全非。婚后的生活并不是心中想象的那样甜蜜，李若雨和婆婆时常发生小摩擦，使原本性格开朗的她愁云满面。

每每看到她不高兴时，苏浩凡总是笑着，揽着李若雨的小蛮腰，温柔地安慰："宝贝，妈年龄大了，一直在农村生活，很多事情你要理解下，包容下好吗？相信，你一定做得很好！"是的，只要苏浩凡对自己好，其他的都无所谓。

这样，自小被父母娇惯的李若雨学会了长大，学着坚强，她变得越来越成熟。她爱上了做家务，学会了做饭，心里虽然下着雨，可是每天，她总是带着微笑回家，努力融入这个新的家庭。老公一有闲余时间，就陪她散步、聊天，让她开心。

一眨眼，两年过去了。他们有了可爱的小宝宝，给单调的生活增添了快乐。李若雨辞职做了"全职妈妈"，一心一意在家照看孩子。她想陪着孩子一天天成长，用自己最无私的爱呵护着孩子。可是，后来发生了一件很不愉快的琐事。

那天，李若雨无意中看到床头的抽屉里有很多用过的纸尿裤，叠得整整齐齐，一沓一沓。于是就去问婆婆是怎么回事，原来那是小宝宝以前用过的，婆婆觉得扔了挺可惜，就在太阳底下晒干，下次准备再用。李若雨知道，婆婆节俭，可是，家里不至于缺这么点儿钱吧？她睁大眼睛，不可思议地望着婆婆说："天啊，这不卫生，有细菌的，千万不能用，要扔掉！”就为这件事，婆媳僵持起来了。

晚上，苏浩凡下班回家，刚进门，还没等李若雨解释，他就阴沉着脸，生气地说：“跟你说了多少次了，对咱妈好一点儿，你就是不听！以后，不许这样了！”

看着凶巴巴的丈夫，李若雨的心像被撕裂了一样疼痛。她疯了似的跑出家门，冲向黑夜。走在漆黑的街巷中，望着家的方向，她想起了家中的亲人，想起远方的母亲，自己当年不听劝告，不顾一切地奔向了他，如今满腹的委屈向谁说？她像只无家可归的小鸟，一个人落寞地哭了很久。

李若雨掏出手机，打算给久违的母亲打一个电话。可是，号码刚拨出去又挂断了。还是算了吧，自己种的苦果自己吞，都是自找的。

李若雨迷茫在黑夜中，身旁偶尔有手牵着手的男女走过，泪水顿时模糊了视线。不知何时，走到一处灯光下，她忽然看到一个熟悉的身影，原来是她的老公。苏浩凡轻轻走近李若雨，一脸愧疚：“都是我的错！结婚了，对于娘家你是出嫁的女儿，对于婆家你是新来的‘外人’，你失去了很多，最后得到的是一个和你领了结婚证的男人。如果这个男人不疼你，不护你，心里没有你，那么你就成了可怜虫，我不爱你，谁来爱你？”

月光中，泪流满面的李若雨一头钻进老公的怀抱。

真正的爱是一种懂得，懂你的人，不必言语，不必刻意，有时，只需浅浅一个微笑，两人就彼此明白对方的心思。真正懂你的人，不必解释，不必逃避，有时，只需轻轻地一声呼唤。真正的懂得，是一种无须言表的感觉，是一种情怀，更是一种心灵的默契。

“因为懂得，所以慈悲。”在这个世界上，他（她）懂你多少，就会爱你多少。

用我的爱背负你一生

承诺是金，讲承诺的女人最美，因为女人的周身都会因一句承诺闪现人性的光芒。

王卫东和周思彤是这个城市里两只孤独的小鸟，一次邂逅，两只单飞的小鸟相识、相爱了。

结婚那天，王卫东当着亲朋好友的面把周思彤从婚车上背出来。周思彤感到既幸福又有些羞涩，她偷偷趴在王卫东的耳门，轻声问：“亲爱的，如果哪天我真走不动了，你还能背我吗？”王卫东回眸一笑，深情地看着周思彤说：“宝贝，相信吧，我会用爱背你一生！”

婚后，王卫东在保险公司跑业务，周思彤在另外一家公司做文员。他们的日子像一杯刚煮熟的热咖啡，平淡中洋溢着几分温馨，让人羡慕不已。

两年后的一个晚上，周思彤像往常一样，在家里守候着王卫东归来。可是，回家的时间过了很久，还不见王卫东的身影。周思彤心如火焚，有种不祥的预兆。果不出所料，从朋友那里得知，王卫东在回家途中被一辆疾驰而来的汽车撞伤了。

听到这个不幸的消息，周思彤发疯似的直奔医院。眼前的一幕让她惊呆了：王卫东面色苍白，一条腿绑着白色的绷带，躺在病床上痛苦呻吟。彼时，周思彤感觉天塌地陷，心，顿时碎成了一片。但是，她还是强忍住将要流出的泪水，紧紧拉着王卫东的手，哽咽着：“没事，有我在，一切都会好的。”最后，医生诊断是粉碎性骨折，更让周思彤心如刀绞。

虽然肇事方很主动，派人专门照顾王卫东，但是，心细的周思彤还是不放心，怕王卫东在医院受罪，如果情绪不好，伤口会愈合很慢的。于是，她毅然辞掉了工作，每天24小时陪伴在王卫东的身边，鞍前马后的照顾，想亲眼看着他好起来。

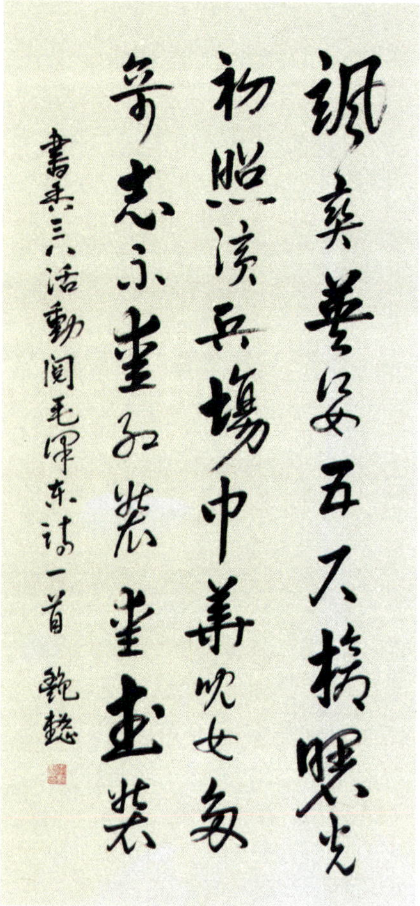

《七绝·为女民兵题照》（行书）
优秀奖　李艳懿　云南省玉溪公路局

其实，王卫东的病情很严重，尤其是深夜，伤口隐隐作痛，彻夜难眠。而身边的周思彤却早早进入了梦乡。看到不修边幅，甚至变得有些臃肿、邋遢的爱人呼呼大睡的样子，王卫东常常望着天花板发呆，想起他们过去的甜蜜，心里有些小失落。周思彤每天都是那样无所谓的样子，和病房里的人大声说笑，特别是胃口大开，如果医院食堂有大鱼大肉什么好吃的，她就会打两份，并津津有味地大吃特吃。面对这样的“吃货”，受她影响，王卫东也不得不吃了。周思彤还是那样爱笑，好像什么事情都没发生一样。而王卫东开始怀疑周思彤，怀疑他们的爱情。

过了一段时间，肇事方伺候的人走了，这样一来，所有的事情都压在周思彤一个人肩上，特别是大小便成了周思彤最头疼的事情。病房里的人也建议她，要不，找个塑料盆子就地解决下呀。但是，周思彤笑笑，不语。她扶起王卫东，笑着问："来，我来背你吧！还记得你说过的话吗？"

王卫东看着周思彤，想了想，半天没说一句话，怔住了。想不到，当时只是随意说出的一句话，竟然让周思彤如此在乎，且铭记多年。王卫东低着头，心想：我 1.76 米，75 公斤。她 1.58 米，60 公斤，她能背动我吗？

王卫东就这样趴在周思彤的脊背上。虽然周思彤有些胖，但是，于她来说，就像座大山一样沉重。周思彤喘着粗气，甚至无法呼吸，她手扶着墙壁，一步步，艰难地挪动着身子，硬是背着王卫东到了卫生间。然后，又背他回到病房。他们俩成了这个医院里一道独特的风景。医院里的人都不约而同地投来异样的目光，觉得有些不可思议。

长时间的住院，使得王卫东心烦意乱，晚上的睡眠也不是很好。那个晚上，王卫东依然没有丝毫睡意，他翻来覆去怎么也睡不着，于是，无聊中，便顺手拿来周思彤的手机准备玩游戏打发时间。无意中，王卫东看到没有发出的一条微信：

欣喜地告诉自己，我的体重又增加了，我想我会背起他的。我不怕胖，真的！我要吃好睡好，保证足够的体力背他，给他做好吃的……今天，我依然在他面前微笑着，尽管为了取药，让他早点儿减轻病魔的困扰，我加塞了，和别人发生了口角。我的心在流泪，但我不会让他发觉的……

彼时，王卫东什么都明白了。他轻轻抚摸着睡梦中周思彤疲惫的脸，心中有种说不出的酸痛。

品味婚姻的幸福

结束了10年的爱情长跑，她终于披上了洁白的婚纱，成为他的新娘，迈进婚姻的殿堂。

新婚燕尔，情深意笃，缠绵悱恻，他们尽情品味着爱的甜蜜。可是，也有闺密在耳边不时传授婚姻幸福的“宝典”：凡事都要雾里看花，睁一只眼，闭一只眼，难得糊涂。然而婚姻本无定式，千桩婚姻千张脸，婚姻需要两个人用心经营，才能品味到幸福的味道。

每天下班，她回到爱巢，就钻进厨房做饭。鸡蛋炒焦了，黑乎乎的一团；面条煮过火了，断成一截一截的，汤水更是没滋没味。就是这样糟糕的厨艺，他却像品尝美味佳肴一样，津津乐道，还不止一次夸她做得好吃，笑声洋溢在小小的屋子里。

她明白，婚姻的幸福就是学会赞赏爱人的优点，也不忘包容其缺点。

他是自由职业者，安守本分，规矩老实；而她是企业白领，端庄娴雅，妩媚妖娆。很多熟人都匪夷所思，她怎么会嫁给他呢？更有人背地里悄悄议论：“一朵鲜花插在牛粪上了！”听到这些话，他内心有些惶惶不定。

果不其然，就像他预料的那样，有一天，她的同事发给他几张在单位偷拍到的照片。只见她挽着一位帅哥的胳膊，一副亲昵的样子。看后，他的心像刀割一样难受。那位同事还笑着说：“这顶绿帽子你戴定了啊！看来，这女人不能太漂亮！”

晚上回家，她像往常一样，做好了一桌像样的饭菜。她美美地吃着，而他却翻看着那些照片，忐忑不安，心里像是钻进了千百只虫子。她好像早已猜到了他的心思。最终，她还是看到了那些照片，她笑着说：“这就是我曾经跟你说的在北京的表弟，他今天来我们单位了，多亏有心人拍了照片啊！嘿，该谢谢人家呢！”他听后，愣住了，才想起她是有位未曾谋面的表弟呢！他的心头掠过一丝歉意，夹起一块红烧肉，悄悄放到她碗里。

她知道，婚姻的幸福就是彼此信任，用一颗忠诚的心来维护。

她和所有的女孩子一样，喜欢热闹，更喜欢工作之余逛街散心。每每她出门，他总会不离左右，一直陪着她。那次，路遇老公的熟人，他们攀谈了起来。她没事，就在附近闲转。有路人“不小心”撞到她身上，还反咬一口说自己耳朵有问题了，非让她赔偿医药费不可。明显遭遇碰瓷了，她是秀才遇到兵有理说不清。他闻讯，闯入人群，厉声吼道：“怎么了？谁撞谁了？”路人心虚，看到他，竟然二话没说，灰溜溜地拔腿就跑。

她望着他，泪水止不住地往下流。他像位邻家大哥哥，拽着她的手，径直向回家的路走去。

她懂得，婚姻的幸福就是生活中遇到挫折时，有人挺身而出，为你遮风挡雨。

阳光灿烂的日子，他和她去公园散步。鲜花怒放，绿树成阴，大自然的美景如画卷般展现在眼前。走累了，他们坐在路旁的椅子上休息，不时有白发苍苍的老人走过。夕阳下，一对步履蹒跚的老人相互搀扶着，一边漫步，一边轻言浅笑，相濡以沫，幸福安详地从他们面前走过。她望了一眼身旁的他，羡慕地说：“哪天，我们老了，能像这样，多好！”他笑了笑，向她靠近一点儿，轻轻将她拥入怀中。

她清楚，婚姻的幸福就是：“执子之手，与子偕老。”时光慢慢消逝，留一份美好在心间，最浪漫的事就是和你一起慢慢变老！

婚姻，是爱情酿造的一杯美酒，越久越醇香；婚姻，是两个人倾吐芬芳斟满的一杯茶，越沏越浓烈。只要用心慢慢品味，那么，幸福的味道就像美酒、香茗般醇香四溢，生命之花也会越开越艳。

唤醒浪漫

浪漫是婚姻的保鲜剂、润滑油。婚姻中，从烦琐的家务中走出来，找点儿时间，唤醒恋爱时的浪漫，那么，美好的婚姻生活才会过得活色生香。

张泽雅去朋友家做客，无意中看到朋友的电脑壁纸是她们一家三口春游时的照片。照片中，年轻漂亮的朋友小鸟依人般依偎在老公身旁，笑脸如同身后盛开的花朵，灿烂夺目。再看看紧挨着她的老公和孩子，脸上溢满着笑容，掩饰不住的幸福自然流露。

张泽雅很羡慕地对朋友说："看你们两口子多浪漫！"想想自己和老公，结婚多年，早已"审美疲劳"了。每天他们各自忙着上下班，不冷不热，不咸不淡。下班回家，吃完饭，一个坐在电脑前打游戏；另一个躺在沙发上抱着手机追剧。偶尔说几句话，如果话不投机还要唇枪舌剑一番，完了，又相安无事。就像张泽雅的母亲说的那样，他们俩是狗皮袜子——没反正！曾经美好的爱情就在岁月的磨砺中慢慢变成了亲情，拉着他的手等于左手摸右手，一点儿感觉都没有了。

人到中年，早已习惯了凡俗的柴米油盐生活，日子过得如水平淡，掀不起任何波澜。婚姻，就像一位名人说的那样："婚姻是一本书，第一章写下诗篇，其余则是平淡的散文。"

也许是张泽雅受朋友感染了，她一回家，立马叫来正在电脑前玩得天昏地暗的老公，说要拍照，也想重温下初恋时的浪漫。原想着老公会不理不睬，甚至厌烦；没想到他积极响应，还故意搂着张泽雅的肩膀，对着手机咔嚓咔嚓地拍着。她的老公说："咱们好长时间都没有这样亲密了啊！"完了，俩人坐在沙发上聊起刚认识时的美好情景。

那时候，张泽雅在乡下上班，老公在城里，每周他都会骑摩托车来看她。春暖花开的日子里，张泽雅坐在摩托车后面，穿行在乡间的小路上，路两旁的油菜花金灿灿一片，泛青的麦苗绿油油的，田野里的美景像是一幅徐徐拉开的画卷。张泽雅搂着老公的腰，靠在他宽阔的肩膀上，感受着他的呼吸，很是幸福。路旁的人们都投来羡慕的目光，说："多浪漫呀！"

有一年情人节，她老公在省城学习，为了给他送一盒代表爱的巧克力，张泽雅请了假，徒步走了十多里的山路才到了车站……

想起从前的浪漫，她们颇有感慨。最后，张泽雅和老公不约而同地到厨房开始做饭，张泽雅炒菜，老公擀面条，厨房里不时传来他们俩开心的笑声。

生活中，不管是新婚燕尔还是老夫老妻，重要节日时，给他（她）送一束花，表达爱意；生日时，买份小礼物，给对方一个惊喜；周末，陪他（她）出去走走，牵着他（她）的手，唤醒恋爱时的浪漫，给平淡如水的日子增加一抹亮色，让平淡的婚姻变得有滋有味，芬芳宜人。

《你·我·他》（装饰画）　三等奖
周丹　湖南省常德市武陵区东风小学

每年春天都陪你看花

李轩然和刘梦婕相识，是因为一次踏春。

那年的春天来得有些迟，整整一个春天都是阴雨绵绵。清明过后，才等到风和日暖，万物争辉。刘梦婕和李轩然邂逅于小城里的桃园看花。

刘梦婕黑发披肩，穿着雪白的外搭，笑意盈盈，站在一棵桃树下让随行的姐妹们给她拍照。李轩然是一名摄影爱好者，偶遇刘梦婕，便被她的美丽吸引了。在刘梦婕摆好姿势拍照的时候，李轩然站在一旁偷偷给她拍了几张。李轩然觉得刘梦婕美极了，镜头中，她简直就像一个美丽的天使，笑容如绽放的桃花，璀璨夺目。

那天，李轩然跟着刘梦婕走了很多路，心甘情愿当刘梦婕的摄影师。在无人的瞬间，李轩然对刘梦婕说，你长得好美！刘梦婕回头，莞尔一笑，走开了。

李轩然费尽周折，找到了刘梦婕的联系方式，把精心修好的照片给她传了过去。那个春天里，到处开满了花，花香弥漫，蜂蝶飞舞，世界好像变成了一个大花园。李轩然骑着单车带着刘梦婕，穿行在春天的花海中，陌上看桃花，公园赏玉兰、听鸟鸣、望春水，李轩然自然不忘给刘梦婕拍照，他们陶醉在春天的花事里，甜蜜无比。刘梦婕说，你是我生命中的最后一根稻草；李轩然说，你是我这辈子该折回家要欣赏一辈子的鲜花。他们许下了诺言：每年春天一起看花开，直到天荒地老。

婚后的日子里，李轩然真的把刘梦婕当成了一朵最美的花，小心翼翼地呵护着。刘梦婕对李轩然温柔相待，辞去了工作，一心一意在家伺候李轩然。一天天，日子就这样波澜不惊地过着，后来，他们有了孩子。

那年春天，春花依然灿烂，开得纷纷攘攘。可是，李轩然却因为工作忙，要出差，没有带刘梦婕去看花。雨过天晴，碧空如洗，刘梦婕却像笼中的鸟，天天在家做饭，接孩子，照顾老人，她心里像虫蚁般被吞噬，空空的。李轩然下班刚进门，刘梦婕就对他说，坡上的桃花都开了，咱们去看花吧？谁知，李轩然听了竟然大发雷霆，冲着她嚷："看什么看，有什么好看的！"面对李轩然的发怒，刘梦婕悲伤不已。她发疯似的，一个人一路小跑来到每年春天都要来的那个山坡。此时，桃花都开始凋谢了，这是他们两人相识相约的地方。想起过去的一幕幕，刘梦婕呆呆地望着满园子落了一地的花瓣，黯然伤神。花到荼蘼花事了，李轩然心里莫非有人了？于是，刘梦婕想到了他们俩都很熟悉的一个朋友，与那个朋友通完电话才知道，原来，最近李轩然的职位被别人莫名其妙地顶替了，新的岗位听着好，其实是明升暗降了，朋友还说，李轩然最近的心情很差。

听完这些，刘梦婕的心里释然了。她拿起手机，站在桃花下自拍了几张照片，哽咽着拨通了李轩然的电话说，只要我们心里有春天，不看花也行，再好的花事都会有终场的时候。电话那边，传来李轩然的声音，这个春天多雨，以后我每年春天都陪你看花。

爱情是风花雪月的浪漫，而婚姻却是柴米油盐的现实。当万般柔情融入了日常生活的碎碎念中，当一切归于平淡，我们彼此都要去共同面对生活中的真实。没有谁的婚姻一直长期保鲜，只有学会相互包容和支持，婚姻才会经营得活色生香。

爱，写在手心里，刻在心壁上

细节像一粒粒闪亮的珍珠，串在平凡生活的项链上，处处渗透着爱意，如同写在手心里的爱，朴实而真实。

30岁那年，张思思终于找到了她梦中的白马王子白斌斌，父母心头的一片愁云也消散开来了。

元旦前夕，张思思和白斌斌乘车去市里购买订婚的衣服。他们并排坐在靠窗的座位上，透过车窗，外面寒气袭人，枯瘦的树杈上挂着的鸟巢，无限孤单，像极了从前自己一个人时的样子。想着想着，张思思不由自主地看了看身旁的白斌斌，没想到的是，此刻，他也正含情脉脉地凝视着她。张思思轻轻地靠近了白斌斌，头靠在他宽大的肩膀上，闭上眼睛稍作小憩。白斌斌默契地配合着，搂着张思思的肩，紧紧地相依相偎在一起，寒冬里让人感到温暖。周围的乘客频频投来羡慕的目光，耳旁传来他们的窃窃私语："多幸福的一对啊！"车驶过一个山岭，白斌斌趴在张思思耳边小声说："咱俩做一个游戏，在对方的手心里写字，并猜测是什么字？"说完，白斌斌先在张思思手心里写下了两个字："爱你！"然后冲着张思思甜蜜地微笑。

张思思也拉过白斌斌的手，在他的掌心写下发自内心的肺腑之言："永远！"张思思回想，在情感的道路上，自己一路走来，也曾执着地爱过一个人，同时也被人死心塌地地爱过，但是，相爱的两个人最终无缘走到最后，到头来，一切都成了浮云。直到见到白斌斌，才让张思思知晓爱情的真谛。张思思清楚，此生，白斌斌就是她永远爱着的那个人。

那天，3个小时的路程，他们在各自的手心里写了很多文字。指尖在彼此的手心轻轻滑过，麻酥酥的，那种感觉真是美妙极了！每一个字都代表了彼此的心声。让人意想不到的是，猜测时，他们谁都没有猜错。虽然，没有说一句话，但是用这种默契而独特的方式表达着彼此内心的爱慕之情，让人颇觉温暖。

如今，一晃10年过去了，回首这10年来的生活，平淡而甜蜜，繁忙而幸福。每年临近结婚纪念日，张思思总会想起和他在手心里写字的往事，那纯真、美好的情景一直留在她记忆深处。

把爱的絮语写在手心里，铭刻在心壁上，写下对生活的热爱，迎来充满希望的明天！

《风中的等待》（水彩画）　三等奖
李秀芳　山西潞安集团高河能源公司

爱她，就给她一个家

女人如花，国色天香，倾国倾城，让人赏心悦目。女人需要男人用心去呵护，给她依靠，更需要一个温暖的家，让她避风躲雨，然后陪她一起慢慢变老。

家是爱的港湾，房子就是爱的窝巢。如果一对夫妻没有属于自己的房子，居无定所，难免会有一种漂泊的感觉。柳小燕提起她的房子是颇有感慨，她深深体会到无房的苦恼，更体会到有房子的快乐。

柳小燕和老公结婚时租房子住，那是私人盖的三层小楼，房东住在一楼，剩下两层租给像她们一样漂泊在城市里的打工族，柳小燕和老公租住的是三楼。

租房住的日子，有很多难言之苦。虽然居住条件还不错，但心里总有一种寄人篱下的感觉。为了把她们的新房布置得浪漫一点儿，需要在墙上钉枚钉子，可还没付诸行动，她老公就说："别钉了，你看这租房合同上写得清清楚楚，不能随意在房间里墙壁上乱钉乱画。这不是咱们的房子，想干啥就干啥！"

柳小燕做梦都想拥有一所属于自己的房子，可是囊中羞涩，不断攀升的房价让两个工薪阶层的年轻人想都不敢想。柳小燕的父亲说，他们那个年代，一般人眼中的幸福生活是："三十亩地一头牛，老婆孩子热炕头。"而到了他们这个年代，一般人眼中的幸福生活是："一份工作一套房，老婆孩子沙发床。"虽然听起来这样的幸福观有些低俗，但是也从另一个方面反映了房子在人们生活中的位置是多么重要。就像柳小燕的母亲说的那样："你们成家了，就得有个像样的家，如同四处飞奔的鸟，要有个窝才行。"

后来，柳小燕和老公有了可爱的女儿，他们手里虽然只有可怜巴巴的几万元钱，但是心里早已谋算着要买一套属于自己的房子了。那年夏季的一天，老公骑着自行车带着柳小燕去看房，向售楼小姐询问房价、小区绿化情况、交通是否便利等，经过反复比较，最后决定选择离学校近、交通方便且较安静的一个小区。房子是现房，他们选择了 5 楼，100 平方米，三室两厅，首付 20 多万元。

接下来的几天，他们向亲戚朋友借钱，1 万，2 万……终于凑够了房子的首付款。交完首付款，办完相关手续，当接过新房钥匙的瞬间，柳小燕的心情特别激动，心想：终于有了属于自己的房子。

经过简单装修，他们选择了一个好日子搬进了新房。住进新房的感觉就是不一样，房子宽敞明亮，天气晴好时，一抹阳光穿过洁净的玻璃窗洒进屋子里，照在一家人的脸上，明媚而温暖。女儿无所顾忌地在房间里玩耍嬉戏，老公坐在沙发上看电视，柳小燕则在厨房里做着可口的饭菜，一家人其乐融融，幸福满满。

择善而居，小区里的住户大都淳朴、善良。时间长了，柳小燕和小区里的住户也熟了，经常和她们一起去小区的健身器材那健身，累了就坐在长凳上聊天。

夏季来临，小区花园里的花开得一片灿烂，散发着淡淡的清香，孩子们快乐地追逐嬉闹，那画面真是美不胜收。

弹指一挥间，柳小燕住进新房已经两年多了，她把家里布置得越来越温馨。每每老公出差回家，总会说："金窝银窝不如自家窝，还是咱们的家好！"柳小燕听了，更是开心无比，满满的幸福在心中流淌。她忽然想起一句广告词说得好："爱她，就给她一个家。"

婚姻，需人间烟火来入味

爱如空气、阳光和水分，每时每刻都萦绕在我们身边。但是，爱却是真实的。人间烟火最入味，真正的爱就在凡俗的烟火中。

刘姗姗嫁给范庆华时，不会做饭，也不喜欢做饭，她觉得钻进厨房里为了一日三餐，烟熏火燎，闻那种呛人的油烟味，多难受啊！

婚后，小两口从来不在家做饭，一直在外面吃。一下班，两个人手拉手直奔离家不远的小吃城，喜欢吃的美食样样都有，自然能满足两个“小馋虫”的味蕾。不做饭，腾出更多的时间，刘姗姗可以和女友逛街，老公则整日坐在电脑前玩游戏。

一年过去了，厨房里的灶台都落了厚厚的一层灰尘。有一次，他们又准备去外面吃饭，范庆华则说：“外面的饭吃时间长了胃不舒服，好想吃顿手擀面！”刘姗姗瞥了老公一眼，满不在乎地说：“手擀面有什么好吃的，听说楼下新开了家川菜馆，尝尝去！”

身边的亲朋好友也劝他们：“自己做饭吧，想吃什么就做什么，吃着放心，对身体也好！”可是，刘姗姗还是懒得动手做饭，夫妻俩继续去外面吃。

后来，夫妻俩一起去外面吃饭的次数越来越少。范庆华的应酬越来越多，经常很晚才回家。他回家时，工作了一天的刘姗姗也很疲惫，早早就进入了梦乡。初恋的甜蜜幸福，荡然无存，生活只剩下平淡、无味和彼此的冷漠。

女人的第一直觉告诉刘姗姗，她们的婚姻出现了危机。她怀着闷闷不乐的心情回到乡下老家。中午吃饭时，母亲像往常一样盛一碗饭双手端给父亲，父亲则大口大口地吃得津津有味，很享受的样子。刘姗姗回想，自从自己记事时起，母亲都是这样细心地照顾着父亲，他们俩的爱情就是这样平淡，没有感天动地，就在这一碗饭里。刘姗姗心头一怔，自己却忽视了这一点，这些年来，她却从来没有给老公做过一顿饭，哪怕是一碗手擀面都没有做过。想起闺密说过的那句话："想拴住男人的心，先拴住他的胃。"吃完午饭，刘姗姗没有多待，急匆匆赶回家中。

回到家，刘姗姗便一头钻进厨房，挽起袖子，开始清洗一番。然后开始做饭，她想给老公做碗手擀面。这是她婚后第一次做饭，虽然面条宽得像裤带，调的汤水也不是很入味，但是，范庆华却吃得有滋有味，还连连点头夸赞："好吃，比面馆的面好吃多了！"那天，他们在饭桌上说了很多话，刘姗姗知道，范庆华也不喜欢应酬，更不喜欢在外面就餐。

这之后，刘姗姗和范庆华很少外出吃饭。有时，刘姗姗下班晚了，范庆华就做饭，更多的时候，是他们俩一起进厨房，范庆华炒菜，刘姗姗和面，两个人配合得默契又和谐。做饭的间隙，相互谈着单位里的趣事、生活中的纠结，厨房里不时传来幸福的笑声。

原来，幸福婚姻，是烟火熏出来的，是柴米油盐搅拌出来的。如此，才真正入了味，溶入生命里，和着血液，流淌在两个人的内心深处，这样的婚姻生活才会过得幸福如花！

《母与子》（粘贴画） 优秀奖
赵金红
哈尔滨铁路局哈尔滨工务机械段

各花入各眼，幸福家家有

“恋爱是美丽的，婚姻却是神圣的。”伊丽莎白如是说。然，各花入各眼，春兰秋菊各有芬芳，情人眼里出西施。不一样的婚姻，有不一样的幸福，每个人的感受都不一样。

席茜茹家的对门搬来一对新婚夫妇。也许他们刚结婚，性格还在磨合期，又都是娇生惯养的独生子女，看似一对男才女貌如此般配的小夫妻，本该是享受新婚甜蜜的时刻，可是，他们几乎三天一小吵，五天一大吵。每次吵架都闹得天翻地覆，左右邻舍都不得安宁。最让人难以接受的是，夜深人静时传来夫妻俩的吵架声，针尖对麦芒，越吵越凶，接着就是女人撕心裂肺的哭泣声。

每次小夫妻俩发生“战争”时，席茜茹就替他们捏了一把汗，万一大打出手出了事怎么办？当初怎么能走到一起呢？是不是周瑜打黄盖，一个愿打一个愿挨？与其这样，还不如早些悬崖勒马，放彼此一条生路，也许谁都能过得好些，这以后的日子还长呢！可是，席茜茹的担心是多余的。小夫妻大吵大闹过后，到了第二天，又和好如初，似乎什么事情也没发生，依然手牵手，难分难舍的样子。

还有一次，小夫妻俩开着门吃火锅，也不知为什么，两个人又吵起来了，且声音越来越大。女的从屋里冲出来，男的也不追。过了一会儿，男的在屋里大声喊：“大龙虾快吃没了啊！”这时，女的在楼道里忽然回应：“给我留点儿！”

都说夫妻之间没有隔夜仇，床头吵架床尾和，看来这话一点也不假。这对年轻夫妇的婚姻生活让席茜茹感慨不已，就连小区里的大妈也说：“现在的年轻人啊，也不知是哪根神经搭错了，说什么打是亲，骂是爱，爱得不够用脚踹！”

在席茜茹住的小区里，还住着这样一对中年夫妇。女的是典型的“女汉子”，赋闲在家；男的是一家公司的经理，颜值高，戴着眼镜，西装革履，一表人才。在别人看来，这对夫妻，两个人风马牛不相及，相差甚远，本就不是一个水平线上的人，但他们的日子却过得和和美美、幸幸福福。男的再忙，周末都会陪女的出去散步，周围的人看着他俩亲密的样子，都投以羡慕的目光。当有人问起他们的婚姻时，男的只是笑笑：“家有丑妻是一宝，虽然她没有靓丽的外表，可是，她给我生了一对儿女，给我带来了一辈子的幸福。我还有什么不满足的呢！”

《盛装下的信合女人》（油画）　优秀奖
莫月星　贵州丹寨县农村信用合作联社

在婚姻生活中，每对夫妻都会有自己相处的方式。有的夫妻一辈子相敬如宾，举案齐眉，琴瑟和鸣，有的则像那对年轻夫妻那样打打闹闹，但，依然如漆似胶；有的则女的年长，男的小，心甘情愿嫁个“小鲜肉”；有的却女强男弱，日子过得一样幸福和美。不管怎么说，只要那个人愿意宠你，爱你，那么，你们的婚姻就是最幸福的。恰似卜先森所说：“这世上没有合适的人，所谓的合适，是因为某一方，心甘情愿为对方改变，慢慢就变成了最适合对方的人。”

各花入各眼，环肥燕瘦皆是美。世界上没有两片相同的叶子，同样，也没有完全相同的幸福婚姻。每个幸福婚姻的模样都有所不同，也没有什么套路可寻，各有不同，说得通俗一点儿，就是“青菜萝卜各有所爱”。其实，幸福美满的婚姻很简单，只需要爱在一起，心在一起，那么，爱我所爱，无怨无悔。

我的婚姻我做主。婚姻如人饮水，冷暖自知，适合自己的就是最好的。

《周末诵读会》（工笔画） 一等奖
李之英 中国移动通信集团
四川有限公司南充分公司

不要站在这山看那山高

有一天，风将一滴甘露吹到蜘蛛网上。蜘蛛看着甘露，发现它晶莹透亮，一下子生出喜爱之意。突然，刮起了一阵大风，把甘露吹走了。蜘蛛一下子好像失去了什么，很难过，很寂寞。它认为世间最珍贵的是“得不到”和“已失去”。于是，佛祖便答应让它投胎一次去寻找正确答案。

就这样，蜘蛛投胎到了人世，成了姑娘珠儿，并且遇见了甘露，她知道这是佛祖赐予她的姻缘。

她非常喜欢甘露，可是皇帝下旨：命令甘露和长风公主完婚；珠儿和太子芝草完婚。这一消息犹如晴空霹雳，珠儿怎么也想不通，佛祖竟这样对她，一生气一着急灵魂竟要出壳。

此时，佛祖来了，他对快要出壳的珠儿灵魂说：“蜘蛛，你想过没有，甘露是风（长风公主）带来的，最后也是风把他带走的。所以甘露是属于长风公主的，他对你而言不过是生命中的一段插曲。而太子芝草是当年寺院门前的一棵小草，他喜欢你三千年了，而你却从来没有低下头看过他。蜘蛛，我再来问你，什么才是世间最珍贵的？”蜘蛛突然明白了，他对佛祖说：“世间最珍贵的是把握现在的幸福。”

是的，世间最珍贵的是把握现在的幸福。人，总想得到最好的东西，绞尽脑汁，苦苦跋涉；殊不知，最好的东西就在你身边，你却视而不见。

一直以来，雨馨总觉得自己那副眼镜很难看，样式老土，材质也低劣，多年前买时也只花了不到100元。不管从哪方面讲，雨馨都厌倦了它，所以，她打算重新配副好眼镜。

于是，她走进眼镜店，测视力，选架子，经过一番折腾后，终于看中了一款流行的纯钛无框女式眼镜，进口的MR无色镜片，紫色轻盈镜架，戴着很好看，很有范儿。买完眼镜，雨馨开心地回家了。

可是，“高档眼镜”没戴几天就被她冷落了下来，装进眼镜盒，搁在书房里，再也没有戴过。她老公很是纳闷，问：“你不是早就想配那个镜子吗？配好了怎么又不戴了呢？”雨馨笑着说：“觉得戴着不舒服，还是原来的那副旧眼镜好！”

雨馨想起好友张敏，她总是嫌弃她老公这也不好，那也不行，不会像别人的老公那样，有能力，职位高，挣钱多。张敏好几次在雨馨面前哭诉：“结婚都好多年了，我们还住在租来的房子里，他还是机关里名不见经传的小科员，这日子没法过了！”雨馨也曾安慰张敏，你老公已经很好了，不要站在这山看那山高，人要懂得知足。

可是，让大家想不到的是张敏还是离婚了。不久，张敏心随所愿，找到了她梦中的高富帅，总以为自己自此就能过上幸福如蜜的生活了。新老公潇洒的外貌和殷实的家底也确实给足了她面子，可是，他和张敏两天一吵架，三天不回家，根本没把张敏放在心上。久之，张敏叫苦连天，戏剧般地过了几个月，又离婚了。

经历了一番波折后，张敏流下了悔恨的泪水：“他根本就不是我想象的那样完美，就是一个十足的花心男，这样风花雪月的男人最不靠谱，我感觉还是前夫好！”

生活中，我们总是费尽周折苦苦追求看似美好的东西，羡慕别人的东西好。其实，转过身来，才发现，你现在所拥有的才是最好的！

第五辑

每朵花都有自己的春天

《囊萤夜读》（重彩人物画） 三等奖

肖晖 湖南省临澧县实验小学

母爱是一泓清泉

母爱是一泓清泉，让孩子的心灵清澈澄明；母爱是一缕阳光，让孩子的心房温暖如春；母爱是一轮明月，即使天黑夜寒，也会为孩子照亮回家的路。

小时候，一场意外车祸，赵安怡竟成了一个坐在轮椅上的脑瘫女孩。从此，赵安怡的天空不再灿烂，活蹦乱跳地疯跑，无忧无虑地玩乐嬉戏，这些应该属于孩童的乐趣，对她而言，那是奢望。到了上学年龄，当儿时的伙伴背起书包高高兴兴地上学时，赵安怡只能坐在轮椅上发呆、傻笑。

赵安怡何尝不想踏入校园，和同学们在一起学习玩乐呀！孩子能否入学，是父母最着急上火的事。报名入学那天，母亲也来到学校给赵安怡报名，可是，校方的回答是："我们学校不收有缺陷的孩子，去特教学校吧！"母亲抹着泪，什么也没说，低着头往家走。特教学校？那可在千里之外的省城，到那里上学，怎么可能呢？

那晚，月光如水，夜色静美如玉。赵安怡像往常一样，在母亲温暖的怀抱里进入了梦乡。可是，母亲却彻夜难眠，看着她圆圆的小脸蛋，抚摸着她可爱的小手，心疼地对躺在身旁的父亲说："我想辞职，办一所特教学校，一来可以圆女儿上学的梦；二来还可以帮助更多的像女儿一样有缺陷的孩子！"父亲半天没说话，他知道，妻子是老师，是多少人艳羡的职业呀！最终，父亲还是同意了母亲的想法，说："为了孩子明天能生活得幸福，只要你不嫌累，我永远支持你！"

就这样，在人们怀疑的目光中，母亲辞掉了工作，四处奔走，在很多好心人的热心帮助下，在离家百余里的A城办起了一所规模不小的“小太阳”特教学校。

母亲自然是校长，赵安怡则是这所学校的第一个学生。就像母亲说的那样，每个孩子都是一朵花，每朵花都有自己的色彩，只要给她们阳光、温暖和关爱，相信，总有芬芳灿烂的那一天。

母亲是这样说的，也是这样做的。慈祥善良的母亲每天除了打理学校繁杂的事务外，依然亲自给她喂饭、穿衣服，背她上厕所，给她唱歌、跳舞，教她写字，深夜搂着她入眠。父亲则留在了家乡，忙着工作，想方设法、累死累活地挣钱接济家用。

在母亲无微不至地照顾下，赵安怡慢慢长大，也懂事了，每每看到母亲劳累的样子，她总会送上一抹甜甜的微笑，以示问好。

每到假期，父亲都会开着车，一家三口出去游玩。春天，看柳枝发芽，倾听花开的声音；夏天，去海边，遥望大海的无边；秋天，去欣赏火红的枫叶，捡拾丰收的果实；冬天，去看雪，欣赏银装素裹的世界……

就这样，在父母爱的包围下，赵安怡读完了小学、中学。她作文很好，慢慢喜欢上了写作。当赵安怡第一篇长篇小说发表时，她发现母亲的额头有了皱纹，父亲的头发也白了，她忍不住流下了伤心的眼泪。

读过赵安怡小说的人很是诧异：坐在轮椅上的脑瘫孩子竟然能写出这么好的小说，真是不可思议？

后来，赵安怡出版了多部小说，一次在新书发布会上，她坐在轮椅上，虽然说话不是很流利，但是目光很坚定，她说：“小时候，父母只希望我长大后能生活自理就足矣，想不到在爱的呵护下，我创造了奇迹，竟然走上创作之路。这一切，皆因我有深爱我的父母！谢谢你们的爱，我亲爱的老爸、老妈！”

赵安怡的话还没讲完，台下便响起雷鸣般的掌声，坐在台下的父母也流下激动的泪水。

种太阳，让妈妈回家的日子快点儿到来

大作家雨果曾说："善良是历史中稀有的珍珠，善良的人几乎优于伟大的人。"善良是永恒的春天，是黑夜里的灯火，是精神世界的阳光，是照耀万古的星辰。一句善言，万两黄金难求；一颗善心，就是一颗闪亮的星星。

桃花争先恐后地向大地显示美艳，整个村子里飘散着阵阵沁人心脾的清香味，田野里，勤劳的农民忙碌着给绿油油的麦苗拔草、松土。

午饭后的阳光虽然不是那么强烈，但还是照得人懒洋洋的。杨清怡一行下乡，见有一个小女孩独坐在自家门口的土地上，大门闭得严严实实，低着头默默地干着什么。

随行的村干部问她："你奶奶呢？"

"下地干活去了！"她应了声，但还是低着头。

很不解，小孩子这么聚精会神干什么呢？杨清怡不由自主地走近了她，想看个究竟。只见她手里拿着一截木棍，在地上挖着坑，杨清怡心想是种花吧？看来女娃自小就爱玩弄花花草草之类的东西。

"小妹妹，你在种什么花呀？"杨清怡轻声问她。

"不是花！"半天了，她才抬起头，忽闪着两只大眼睛说："我种的是太阳！"从孩子执着的目光中杨清怡知道她刚才的猜测是错误的。

"种太阳？"杨清怡和同事先是一阵诧异，然后都哈哈大笑起来。小女孩站起来盯着他们，竟"哇"的一声哭了，眼泪像断了线的珠子往下淌，泪水连同她

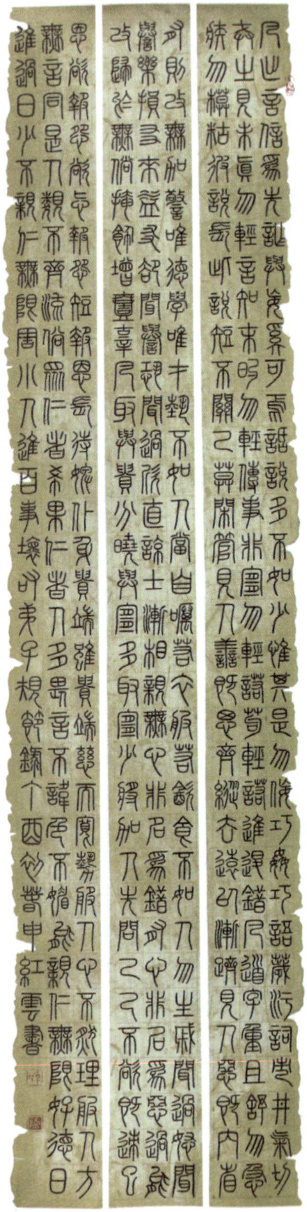

《弟子规》（篆书） 三等奖
申红云 晋煤集团宏圣公司

脸上的泥土抹在一起。他们几个面面相觑，不知道如何是好。一群大人惹哭个小孩子，这可是件很尴尬的事情。

杨清怡只好告诉其他人先走，她暂时留下来哄小女孩。“别哭！阿姨给你一块泡泡糖。”说着，杨清怡从衣兜里掏出一个“大大”泡泡糖塞到她手里，这招还真管用，不一会儿，孩子就停止了哭泣。

“能告诉阿姨你为什么要种太阳吗？”杨清怡靠近小女孩，摸了摸她那乱兮兮的头发。小女孩望着杨清怡，嘴里嚼着泡泡糖，半天没说一句话。她那如山泉般清澈的眼神中，渗透着一丝丝胆怯。后来，小女孩断断续续告诉杨清怡，爸爸妈妈外出务工两年多都没回家了，她一直和奶奶在一起生活。前几天妈妈在电话中说，今年过年一定回家。她多么希望见到日思夜想的妈妈呀！她说等妈妈的日子过得像蜗牛爬行一样，太慢了，所以，她要把今天的太阳种下，让明天快快到来，只要长出一个太阳日子就会减少一天，妈妈回来的时间就会缩短一天。

杨清怡的心里沉甸甸的，太阳是种不下的，但对母亲的思念已经深深地种在孩子幼小的心里。那些匆忙赶路的父母们，可曾想过自己的孩子放学后还独守在大门外种太阳，她们稚嫩的心灵是多么渴求母爱这缕阳光的照耀！

有一种爱叫胆小

人的胆量和爱是成反比的，胆小不是错，胆小体现的是一种爱，是一种责任，是一种谨慎。身为母亲，不管原来的胆子有多大，在孩子面前，她一定会谨小慎微，很怕出什么差错。

一不留神就过了而立之年，凡事都能从容面对，可是李莹莹却发现自己胆子越来越小了。

那天中午，李莹莹坐在办公室处理工作。天忽然暗了下来，紧接着就是铺天盖地的电闪雷鸣，震得窗户嗡嗡作响，好像天要塌下来一样。李莹莹吓得蜷缩在椅子上不敢动弹，这时她想到还在幼儿园的女儿，想必女儿这时早已吓哭了！

下班回到家，李莹莹见到女儿，便问："今天打雷时，你在干什么呀？害怕了吗？"女儿漫不经心地回答："在院子里玩呢，我们老师是个胆小鬼，还让小朋友赶快藏到教室里去，呵呵！"女儿天真无邪的话语不由使李莹莹哭笑不得，看着她依然活蹦乱跳的样子，李莹莹才知道自己中午的担心是多余的。当李莹莹对女儿说自己在打雷时很害怕时，女儿笑李莹莹道："你和我们老师一样，都是胆小鬼！"

其实，李莹莹儿时也天不怕地不怕的，胆子很大。

李莹莹 10 岁那年，家里喂了四五头猪，母亲一个人又是忙地里的庄稼又是养猪，还要照顾她们兄妹三个，整天累得抬了左脚不想抬右脚。每当看到母亲背一篓沉重的猪草压得她弯曲着腰时，李莹莹内心总有说不出的酸楚。看着辛劳的母亲，李莹莹有了想替母亲做些什么的想法，以减轻母亲的负担。于是，胆大的她偷偷学会了骑自行车。

一个周末，李莹莹瞒着母亲，约好比自己大一点儿的张艳艳，骑自行车到离家很远的山里打猪草。当李莹莹打了满满一袋子猪草放在自行车后面准备回家时，心想母亲见了肯定会表扬她一番的。没想到，回到家，母亲看到李莹莹，惊讶地愣住了，紧张地说：“怪不得你四叔告诉我，他见到你骑着自行车耍杂技，这么小，骑自行车太不安全了。”从那以后，那辆锈迹斑斑的加重自行车被母亲上了锁，李莹莹再也没机会操练了，直到上中学时才派上用场。

看到很多人大把捞钱，李莹莹也跃跃欲试，想了很多发财的门路，买基金、炒股票、开网店、办实体，但最终都不敢付诸行动。商场如战场，把自己辛辛苦苦积攒了半辈子的几个钱拿出来投资，万一赔了，可怎么办？朋友笑李莹莹：“前怕老虎后怕狼，胆小怕事，只能清贫一生了。”

李莹莹不知道自己从什么时候开始变得如此胆小，是从母亲头上生出第一缕白发？还是从女儿叫她第一声妈妈？

有一种爱叫胆小。肩上的责任大了，胆子却越来越小了，爱却越来越浓了！

幸福陪伴

对于一个女人来说，育儿是辛苦的，但又是自豪的，即使陪伴也是幸福的。

晚上，郭冰冰给儿子讲完故事，像往常一样，摸摸他那圆嘟嘟的小脸蛋说："宝贝，睡吧！"这时，儿子想了想，问了郭冰冰一个问题："妈妈，假如哪天我去远方外婆家了，爸爸恰好也不在，没人陪你睡觉，你一个人晚上怎么办？"

儿子天真的话让郭冰冰颇觉好笑，但是郭冰冰却说："没有你，妈妈会害怕的，所以你最好不要去外婆家！"儿子听了郭冰冰的话，拉着她的胳膊，笑呵呵地说："原来，妈妈也是个胆小鬼呀！行，我会每天晚上陪您！"儿子带着满足的笑容进入了梦乡。

此时，窗外一弯如水的秋月，透过玻璃窗倾泻到屋子里，夜，是如此静谧。儿子还将他胖乎乎的双腿随意搭在郭冰冰身上，两只小手紧紧拉着她的胳膊。本该是起床离开的时候了，可是，郭冰冰那晚却没有。她就这样睡在儿子身旁，听着他熟悉的呼吸，陪伴着他，那感觉真是幸福。

那年，儿子生下来不久，因为工作原因，郭冰冰就将他托付给乡下的母亲照看，每月才能见儿子一次面。儿子趔趔趄趄会爬了，开始咿咿呀呀学说话了，会冲着妈妈笑了……儿子的每一步成长都让郭冰冰牵肠挂肚。而现实摆在面前，郭冰冰又不能天天陪伴在儿子身旁。儿子 2 岁时，每每看到年轻女人从面前走过，他总会喊："妈妈。"郭冰冰知道，自己欠儿子的太多了，如果有机会，自己会每天陪伴在他身旁，看着他哭，看着他笑，陪伴他一直长大。

儿子5岁时，郭冰冰才把他接回自己身边。老公一直在外地工作，一年很少回家，所以，每天家里就剩她们母子二人。郭冰冰送儿子上学，接他回家，闲时带他到公园去玩，看蓝天、白云。每当牵着儿子的小手时，她心里总是那么温暖。郭冰冰想，儿子还要经历更多的人生风雨，就像一棵小树，只有经历风霜雨雪，烈日暴晒的侵蚀，才会茁壮成长。于是，郭冰冰尽一切可能，耐心地陪伴他身边，目睹儿子这棵小树长高。

从来没有想过孩子长大会做什么，多么有出息，郭冰冰只期望孩子能健康成长，陪他度过分分秒秒，享受这幸福的时光！

《爱与希望》(装饰油画)　三等奖
黎盼　中国铁建电气化局南方公司

再不陪孩子玩，孩子就长大了

常常以为，孩子的心是块玻璃，清亮、透明、纯洁，只要给他（她）吃好穿好，买很多玩具就可以满足他（她）一颗简单的心，其实不然。孩子最开心的事情，是爸爸妈妈陪他（她）玩。因此，工作再忙，我们也要抽时间陪陪孩子。

晚饭后，张森森准备去公司处理一笔新接的业务，可是，6 岁的女儿却拉着她的手说要去广场玩。见妈妈不答应，孩子就支支吾吾地说：“妈妈，你不陪我玩，就是不爱我！”无奈，张森森只能放下工作，带女儿来到新建的广场游玩。

女儿拉着她的手，跑到一位卖气球的阿姨跟前，指着憨态可掬的“熊猫”气球让妈妈给她买。张森森满足了女儿的愿望。

有了气球的女儿变得更加活泼了，她在人群中跳着喊着。孩子拉着气球的线，像只快乐的小燕子在人群中窜出窜进。可是，一会儿气球就飞上天了。女儿仰着头，望着天空中越飘越高的气球消失在视野中，看了很久。

张森森以为是孩子没拉紧线，不小心放上天的。于是，她便走过去，叮嘱道：“手里的线一定要攥紧，不要松手，否则就上天了！没事，妈妈再给你买一个！”说完，又重新买了一个气球。想不到，新买的气球刚到手里，没玩一会儿，又上天了。女儿一脸的稚气，竟然乐得手舞足蹈，还跳着喊：“好！”

“你这是干什么啊，怎么又上天了？该打屁股！”张森森沉着脸呵斥道。

女儿听后，竟呜呜地哭了。她抹着眼泪，边哭边说：“熊猫没妈妈多可怜呀，没人抱它，没人哄它，我放开它，是让它去找妈妈！”

张淼淼愣了愣，半天才缓过神来。她一把揽过女儿，紧紧抱着她。原来女儿买气球的初衷不是玩，而是故意放开“熊猫”气球，让它去找妈妈。真是难为了孩子的一颗爱心了。

“那只是个气球啊，它妈妈在哪里呢？”张淼淼问。

女儿擦擦眼泪，哽咽着说：“天上呀，你看，妈妈！”张淼淼顺着女儿指的方向望去，看到一片渺茫的苍穹，一望无垠，什么也没有。

这时，她不由想起自己亏欠女儿太多了，平时由于忙着打理生意，不能时常在身边陪伴她，只能让母亲带。好几次回家听母亲说，女儿经常拉着她的手说要找妈妈去。

张淼淼抱紧女儿，亲了亲她那粉嘟嘟的小脸蛋，心疼地说：“对不起，宝贝！让熊猫宝宝去找妈妈吧，妈妈替熊猫宝宝好好谢谢你，谢谢你知道她没妈妈陪她玩，谢谢你放了她，让她有找妈妈的机会！”

张淼淼想，以后尽量抽点儿时间，多和女儿在一起，让孩子享受到母爱的呵护，再也不让他哭着鼻子嚷着要找妈妈了。

时间是最无情的，有些东西一旦失去就再也找不回来了。如果你现在再不陪孩子玩，孩子就长大了。用心陪伴，用爱温暖孩子的心灵。

儿子，妈妈明天带你去看海

张丹丹的儿子还没放暑假，老公就把假期的日程安排得满满当当。仔细一看，全是什么兴趣班之类的，学了外语学钢琴，学了钢琴学画画，除了双休日没有一天空闲。

北方的孩子是很少见过大海的，儿子说他从书本里知道，大海波澜壮阔，无边无际，可壮观了！可是，他从来没有见过真正的大海是什么模样。也是，现在大多数孩子的暑假都那么忙，在家长的严加看管下，又是补习，又是做暑假作业，弄得头昏脑涨。本是无忧无虑的假期，却与调皮、淘气、玩耍无缘，失去了属于孩子们的乐趣。

看着儿子的暑期安排，张丹丹不由想起自己儿时的暑假时光却是那么让人留恋。那时，她们经常会睡到太阳照到屁股上，有小朋友叽叽喳喳在耳边吵闹，才肯起床。伴随着树上清脆的鸟鸣声，她们一路蹦蹦跳跳去打猪草。与其说是打猪草，还不如说是出去玩，抓石子，玩泥巴，到山里摘野果，那高兴劲就像考试得了 100 分似的。

夏夜，凉风习习，她们依偎在爷爷、奶奶的怀抱里，坐在家门口，津津有味地听他们讲那些抗战故事：铁道游击队、小兵张嘎……听到激动处，还会拿出那把珍贵的木头手枪，操练两下，惹得大人们笑得前仰后合。

暑假第一天，儿子按照老公的计划去学外语。张丹丹晚上回家时，儿子已经睡着了。深夜，张丹丹悄悄走进儿子的房间，帮他掖了掖被角，看到他满脸的疲急，张丹丹知道儿子的心思，其实，他是不情愿去学外语的。

月光如水，照进屋子里，飘散着淡淡的温馨和甜蜜的气息。不知道儿子的梦中会不会出现大海那波澜壮阔的画面，会不会听到大海那震耳欲聋的涛声……瞬间，张丹丹有了一个决定，放弃儿子所有的暑期学习计划，带孩子出去游玩，把暑假的时间还给他，让这只可爱的小鸟飞到外面看看美丽的世界。

于是，张丹丹轻轻把一张纸条放在儿子的写字台上，上面写着：儿子，妈妈明天带你去看海！

《传承家风》（彩铅画） 三等奖 张芊

云南电网有限责任公司昆明供电局变电管理一所

逃　跑

孩子是一棵幼苗，曾经有多少家长想尽一切办法，让孩子多学点儿东西，盼望孩子早日长成参天大树。其实，作为父母的我们应适当放手，让孩子在阳光下自由成长，一样能成材。

杜雯雯正在办公室整理资料，忽然听到有小孩喊："妈妈！"杜雯雯抬头一看，是儿子，满头大汗，脸红扑扑的。杜雯雯惊异地问："你和谁来的呀？""我自己偷跑来的。"4 岁的儿子说。

儿子的幼儿园最近放假，为了不让孩子输在起跑线上，杜雯雯的老公特意给他找了书画班让他学习书法。现在不是上课时间吗，他怎么跑我单位来了？杜雯雯的单位离书画班不是很远，但路上车辆那么多，他是怎么偷跑来的呢？经过杜雯雯的"严刑拷问"，儿子才说他不喜欢学书法，可爷爷奶奶非要带他到书画班去，于是他就趁爷爷奶奶不注意偷偷跑到妈妈这来了。看着儿子大口大口地喝水，杜雯雯又气又笑："以后不能这样了，路上车那么多，万一出事了怎么办？"

孩子不见了，爷爷奶奶一定很着急。杜雯雯急忙给婆婆打电话，果不其然，爷爷奶奶急坏了，正在到处找孩子呢，可就是没想到他能跑到妈妈单位去了。

晚上回家，老公阴沉着脸教训完儿子，又开始对杜雯雯大发雷霆。"孩子不爱学书法就算了，他才 4 岁，咱们 4 岁时还穿着开裆裤玩泥巴呢！"杜雯雯回敬道。老公和杜雯雯僵持着。儿子正无忧无虑地玩着他的遥控飞机。看着儿子可爱的脸，杜雯雯心里却有种酸酸的痛，泪花在眼睛里打转——想起自己小时候，也有过偷跑的经历。母亲让杜雯雯去采点儿野菜好喂鸭子，她却执意要跟小伙伴们去玩，趁母亲不注意她就跑了，藏在后院的玉米秆堆里，静静地看着家人们焦急如焚地找她。自那以后，父母开始和杜雯雯沟通，对于她执意不干的事情，父母绝对不逼着她去做。

那晚，杜雯雯和老公商量，不打算再送儿子到书画班学书法了。要入睡的儿子听到这个消息，立马来了精神，笑得合不拢嘴，冲着他们说道：“太好了！”

为了让孩子长大有出息，有的父母逼迫孩子学舞蹈、钢琴、书法、画画等。这种望子成龙、望女成凤的心情是可以理解的。可是，孩子的童年应该是无忧无虑的，他们的天性就是心无羁绊地玩耍，别给孩子纯洁的心灵加上太重的负荷，让孩子轻松快乐地成长！

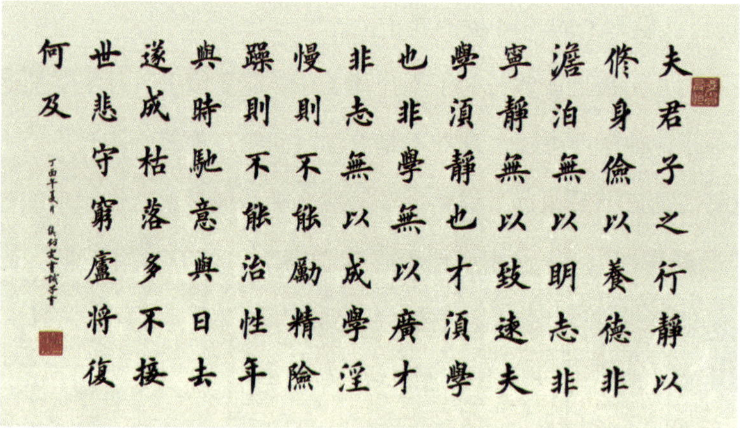

《诫子书》（楷书）　优秀奖

侯剑雯　华能渑池热电有限责任公司

没伞的孩子应努力奔跑

奔跑，是一种积极的人生态度，他决定了你的人生高度。笨鸟先飞，就不会输给别人的。下雨了，没伞的孩子应努力奔跑。

那天，顾欣妍带儿子去街上一家饭馆吃饭，就餐的学生居多。其中，一桌高中模样的女生引起顾欣妍的注意。她们都穿着校服，扎着马尾辫，青涩、可爱，还有些小小的叛逆。

只见一位高个子女生举着酒杯，大声说："刚来的物理老师长得那么帅，还博学，走路、说话那简直是帅呆了，是我的'男神'！可是，那个李娜娜还和我抢男人，我饶不了她。"另一位女生说："那是的，该凑，教训下才是！"几个女生的谈话让顾欣妍有些惊讶！想不到，这么小的孩子竟然这样早熟，真让人不可思议。

就在顾欣妍唏嘘不已时，角落里坐着的一位男孩映入她的视线。也许是他点的饭还没做好吧，一个人静静地坐着，拿着一本书认真地看，虽然没有看清那是一本什么书，但他那一副聚精会神的样子，吸引了顾欣妍的目光。男孩紧锁着眉头，看一会儿书，抬头思索一会儿，他似乎对周围那些女生"精彩"的谈话毫无兴趣。顾欣妍不由告诉儿子，要向他学习，该读书的年纪一定要好好读书，不要浪费了人生的大好时光。

几天后，她又来到那个饭馆吃饭。顾欣妍特意向店老板打听那个看书的男孩，店老板睁大眼睛，告诉她："你不知道啊，他可是小天才呢，就在附近的高中上高二，学习成绩在班里始终名列前茅。可是，他的家庭条件非常不好。前些年父母离婚了，父亲常年在外打工，家里就剩他一个人，孩子很可怜！寒暑假，他经常到我们店打工挣学费。”听了店老板的话，顾欣妍不由赞叹不已。

顾欣妍把这个男孩的故事讲给儿子听，对他说：“没有谁的人生都是一帆风顺的。那个男孩没有优越的家庭条件，不能像其他孩子一样，沐浴明媚的阳光，吸吮充足的雨露，但他自强自立，能自己照顾好自己。因为，下雨了，没伞的孩子应努力奔跑。”儿子听了这话，沉思了良久，从此学习更加刻苦了。

《中华美德代代相传》（工笔画）　三等奖

马艳芬　陕煤集团运销集团红石峡公司

每朵花都有自己的春天

艳秋朋友的儿子，先天性瘫痪。艳秋知道，朋友两口子都是工薪阶层，为了孩子，付出了很多努力。带他到全国各地求医问药，花了不少钱，可是，都无济于事，他依然离不开轮椅。每当看到别人家的孩子活蹦乱跳，快乐得像个天使，朋友很是苦恼，一度想放弃他。

“上帝为你关上了一扇门，也必定会为你打开一扇窗。”庆幸的是，孩子智商很高，6岁的时候就能查字典看古典名著了，唐诗宋词背诵得滚瓜烂熟。朋友发现了这一点，决心好好培养他。于是，朋友请了特教老师，专门教育儿子。想不到，孩子除了爱学文化课外，还喜欢学习一些商业知识。16岁那年，孩子悄悄开了个网店，卖起了学生服装及日常用品。当成交第一笔单子的时候，孩子满含泪水对他的父母说：“虽然，我是个残疾孩子，但是，我也有春天，我能和正常人一样，能自己养活自己！”

孩子说这句话的时候，窗外一树洁白的玉兰花已绽放，一股扑鼻的香味沁人心脾，空气中荡漾着清新的味道。

艳秋的对门，有位上初二的女孩，出落得亭亭玉立。当老师的父母一直希望她以后能考艺校，长大当“明星”，周末给她报了舞蹈班、音乐班。但是，女孩每次去学校都是努着嘴，很不情愿的样子。有一次，艳秋一个人在家，女孩敲开了家门，她睁着圆溜溜的大眼睛望着艳秋说：“阿姨，我一直在网络上写小说，您是老师，指导我下，好吗？”“什么？你写网络小说？”艳秋有点儿不相信。

和女孩闲聊时，艳秋顺便打开她发表小说的网站，看到了女孩的作品。匆匆阅读了一些，艳秋便知道这女孩的文学功底非同一般，且她的科幻小说离奇曲折，想象力非常丰富，让艳秋很是惊讶。“好好写，你一定能成为一名作家的！”艳秋鼓励女孩。女孩听了艳秋的话，激动地说：“说句实话吧，我不是唱歌当明星的料，只喜欢文字……”

这时，艳秋看见女孩的笑脸绽放成一朵花，是那样灿烂夺目。

下乡扶贫时，艳秋见过一个女孩，才10岁，除了上学外，她还会做饭、洗衣、整理家务。当艳秋看到那个“小不点儿”站在板凳上，像大人一样切菜时，心里有些酸楚。后来才知道，女孩的父母在她3岁时，因为一次车祸就离她而去了，原本温馨的家只留下她和瘫痪在床的奶奶。无奈，坚强的女孩用柔弱的肩膀扛起了家庭的重担。

当艳秋一行人问起她家里的情况时，白发苍苍的老奶奶抹着眼泪说：“人家像她这么大的孩子都无忧无虑，这娃命苦，什么都要干。委屈娃了……”10岁，一个稚嫩的年纪，也许很多孩子还是父母眼中的心肝宝贝、掌上明珠，过着衣来伸手饭来张口的生活。可是，这位10岁的女孩却要挑起家庭的重担。

每个孩子都是一朵花，每朵花都有自己的春天。给这朵花充足的雨水，温暖的阳光，还有满满的爱，她们定会在春天里缓缓绽放，芬芳四溢。

不放弃，让笨孩子快乐成长

孙远航曾是多么活泼的一个阳光男孩，可是，因为一次医疗事故，完全改变了他的人生轨迹。花季少年的智商和四五岁孩子一样，头脑简单，见人只会傻笑，说话更是表达不清。可是，他却会轻而易举地“挣钱”。

公路上，看见前方豪华的小轿车迎面驶来，这时，孙远航会“英勇”上前，不顾一切地走到路中央，好在司机机敏，一脚刹车，车戛然而止。等车停稳时，他已经躺在车前面的路上了。“这小子想找死呀？”司机大声喊道，被突如其来的惊险场面吓得出了一身冷汗。“不想死，我不想死，有钱吗？”他伸出双手，支支吾吾地说着。通常，很多司机看他可怜兮兮的样子，就随手给他三五块钱。可是，也有的司机气愤至极，下车，狠狠地暴扁他一顿。

面对这样的事情，母亲气得脸色发紫，不停地向人家解释：“这娃脑子有问题，就饶了他吧，他对钱没啥概念，别给他就是了。”脑子有问题，还知道出来“碰瓷”讹钱，骗鬼呢！是啊，连母亲也不知道他为什么要这么做，为什么要讹钱？讹来的钱干什么用了？“那些钱或许给村里的小孩买礼物了，或许丢了。”村里人纷纷议论。也有人质疑：是不是家里太穷了，指使他去讹钱？面对人们质疑的目光，母亲心如刀绞。

为了孩子，父母决定就是倾家荡产、砸锅卖铁也要给孩子看病。于是，母亲向亲朋好友借了一些钱，带上家里所有的积蓄，领着儿子去省城最好的医院看病。经医生诊断得知，孩子得了严重的脑瘫，这种病不好治，花再多的钱也不一定能治好。

但是，父母不放弃，坚持治疗。在医院住了两个多月的院，带来的钱也花差不多了，孩子的病情也不见有多大的好转。医生建议回家休养。万般无奈，父母带着孩子沮丧地踏上了回家的路。

回到家后，为了不让儿子再出去“碰瓷”，母亲白天带他去地里干活，晚上又给他讲故事、做游戏。母亲斗大的字不识一个，可是，心里装了很多有趣的故事，搞笑的、发人深思的，听到高兴时他会咯咯地傻笑。说是帮着干活，其实，他就是跟在母亲身后捣乱。为了训练孩子身体的灵活性，母亲总会指使他干些力所能及的小事，虽然每次干得都很糟糕，可是，母亲依然会竖起大拇指夸奖：“儿子，你是最棒的！”

有一次，母亲陪儿子玩，玩得高兴时，儿子竟然骑在母亲瘦小的背上当马骑。儿子笨重的身躯压在母亲身上，就像块石头一样重重的。母亲被压得喘不过气来，儿子却开心地笑。

对儿子不抛弃，不放弃，坚持不懈的训练，儿子的脑子好使多了。每天，儿子跟在瘦弱的母亲身后，像个尾巴一样不离左右，脸上洋溢着难掩的笑容。

“让你骑在我身上吧，只要你快乐、安康，就是妈妈一生最大的幸福！”这就是一位伟大母亲对脑瘫儿子爱的絮语。

《哺育》（工笔画）　优秀奖
李丞轩　潍柴发动机技术研究院

不要错过绽放的时机

童年是一幅画，五彩斑斓，绚烂多姿，美好的童年让我们每个人难忘。然而，总有一些人的童年是那样青涩，回味起来还有些苦味。

巩美美给“美德”少年写颁奖词，一页页，仔细翻看孩子们的资料，无不让她感动。其中，一位叫小琴的孩子，给她留下的印象最深刻。

小琴只有12岁，是个小学五年级的学生。她5岁时，父亲病逝。8岁时，母亲带着她改嫁了。本想着从此可以过上幸福的生活，可是，天有不测风云，幸福总是那么短暂。去年，母亲不幸遭遇了车祸；不久，在外务工的继父又从脚手架上摔下，离开了人世。如此沉重的打击，让这个弱小的女孩怎么承受！

12岁，正是含苞待放，花朵一样的年华，时刻准备为梦想而灿烂绽放，本应该得到阳光的呵护，雨露的滋润，然而，她却过早地承担起家庭的重任。洗衣做饭，整理家务，和满头白发的奶奶相依为命，品尝生活的艰辛。但是，她每天都面带微笑，学习成绩也非常优异，还乐于助人……这个孩子的事迹材料的题目是《这不是故事》。不敢相信这就是真实的故事。读到最后，巩美美的鼻子酸酸的。于是，她给小琴写下这样的颁奖词：“她是真正的强者，含泪奔跑，风雨无阻。她没有让伤痛成为背负的重担，她把温暖、幸福与快乐传递给他人；她用坚强感染着我们身边的每一个人，让我们给这个多难的孩子送去美好的祝福，一生平安！”

巩美美想起小时候的一个男同学张洋洋。他学习好，爱劳动，长得又帅。可

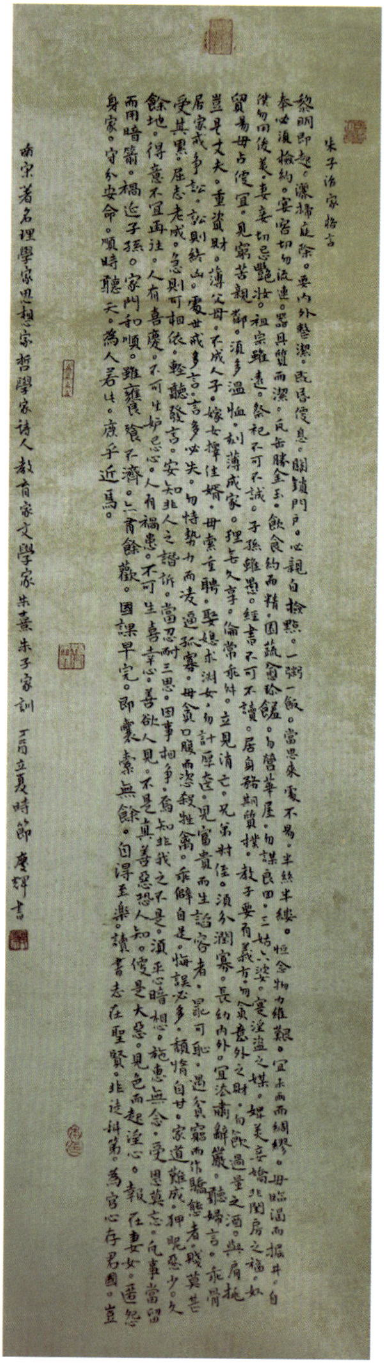

《朱子治家格言》（小楷）　三等奖

李庆辉　云南省公安厅

是，小学刚毕业，他就辍学了。

张洋洋家的院子里有一棵茂盛的苹果树，苹果树有一半已经出墙，当果子成熟时，满树的苹果随风摇荡，果香四溢，引得路人垂涎三尺。那天，巩美美和一群调皮鬼趴在他家的院墙上偷吃苹果，无意间，巩美美看到张洋洋和一个女孩在院子里忙着干农活。原来，他不上学是想早点儿找媳妇呀！

后来，母亲告诉巩美美，张洋洋的父亲早逝，母亲眼睛瞎了，他得早娶媳妇成家，这样一来，母亲也好有个照应。

每一个孩子都是一朵花。然而，生活中，总有很多这样那样的不如意，命运有时也会和你捉迷藏，让我们找不到北。花开的时候，谁不想尽情绽放？但是，不要错过绽放的时机。

家风是暖人的阳光

家风是一个家庭的共鸣，是润物的春雨，家风是暖人的阳光，是一个人行为的准则。家风教会你做人之道，让你在人生道路上走得踏实、稳健。

小时候，宫小雪的父亲在外工作，母亲又忙，她大部分时间和爷爷在一起生活。爷爷博学多才，在村里的威望很高，张家喜事坐礼桌，王家遇到麻烦事，总离不开爷爷的身影，而宫小雪就像爷爷的“跟屁虫”，整天不离左右。

那年，母亲生下弟弟后奶水少，爷爷四处托人从山里买回一只奶山羊。那只羊一天能挤好几斤奶，弟弟喝不完，剩下的全家人也能享受羊奶的美味。两年后，那只羊老了，挤出的奶越来越少，母亲找好了卖家，是一家羊汤馆。可爷爷头摇得像个拨浪鼓：“不行，好坏是条命！”第二天，天刚蒙蒙亮，爷爷就带着宫小雪，牵着那只羊，向离家 20 多里路的县城出发。

原来，爷爷是要去卖羊。春暖花开，青草都长出来的时候，买羊的人自然很多。刚到牲口市场，爷孙俩找了个地方拴好羊，打算歇息时，迎面就来了一位买羊人。爷爷问：“干啥用？”那人回答：“噢，挤奶喝！”爷爷听后，这才和那人谈起了价钱。买主问爷爷多钱，爷爷却满不在乎地说：“你说多钱就多钱！”买羊人笑了笑：“说实话吧，我在集市上都跑了一圈了，看这羊不错，60 元你看怎么样？”爷爷沉思了一会儿，不说一句话，然后点起了随身携带的卷烟，蹲在地上抽了起来，默不作声。

买主以为爷爷嫌钱少，他想了想：“这样吧，最多加 3 块钱，不卖就算了。”

谁知，爷爷站起来，严肃地回答：“58 块钱拉走吧！”

买羊人看着爷爷，顿时目瞪口呆。然后，笑着从兜里掏出 58 元钱递给爷爷，拉着羊准备离开。爷爷起身，拦住他，说：“这羊啊，你一定要好好喂养！”

看着那人高高兴兴地离开，宫小雪心里却不是个滋味，她努着嘴嗔怪爷爷：“人家给高价你不卖，哎！ 5 块钱还能吃顿好饭呢！”爷爷看着宫小雪，一本正经地说：“当初这只羊买的时候就是 58 块钱，再说，羊也老了，挤奶少了，人家掏那么多钱买去，咱心里不安呀！黑是黑，白是白，一分就是一分，咱不能多拿人家钱！”一路上，宫小雪很是不解，仍然为爷爷的“傻”而闷闷不乐。爷爷倒是看出她的心思，他告诉宫小雪：“孩子，布用线缝，木用胶粘，心用诚连。这是咱们老祖宗流传下来的家风，爷爷希望你能明白并传承下去。”看着爷爷严肃的神情，宫小雪似懂非懂地点了点头。

后来有一次，宫小雪和父亲谈起了家风。父亲笑笑说：“家风是一种传统美德，好的家风对社会就是一种道德的力量。只有不断地提升我们的小家风，才能更好地塑造我们的中国风。”听着父亲的话，宫小雪突然想到爷爷说过的话：“一分就是一分！”从爷爷到父亲，再到她，无一不深受这个理念的熏陶。

如今，宫小雪已经出嫁为人之妻，她和老公时常用这个理念教育女儿，虽然懵懂的女儿还不能真正理解这做人做事的道理。

爷爷的一句话让宫小雪铭记一生，虽然不是至理名言，但却是诚实做人的道理，犹如暖人的阳光，温暖着她一路前行！

让爱的热流奔涌

一次，张雨霏应邀参加关爱留守儿童圆梦活动。台上站着几位来自农村的孩子，他们手中拿着写好的心愿卡，逐一朗读着自己的愿望。每当一个孩子读完，台下的与会人员总是争先恐后地举手，抢着要帮他们实现心愿。

张雨霏发现，大多数孩子想要学习机，还有孩子想拥有手机、大百科全书等，五花八门。从短片上看，孩子们生活的地方确实是穷乡僻壤，土坯房、大山、蜿蜒的小路，像极了张雨霏曾经的乡下老家。不知道，那个叫学习机的东西是什么样的？是不是能真正帮孩子们一把？面对台上的几个孩子，张雨霏困惑了，始终没有勇气举手。

轮到最后一个女孩时，她低着头，小声说："我要的不贵，希望有一双不挤脚的棉鞋！"孩子的话还没说完，台下便响起雷鸣般的掌声。张雨霏看到，大家不约而同，齐刷刷地举起了手。

"一双不挤脚的棉鞋！"这一字一句如针刺向她心灵的最深处。张雨霏想起自己小时候，家里也困难，一双母亲做的棉鞋要穿好多年，由于穿的时间长了，鞋底早已磨薄了，雪水透过鞋底渗进来，刺骨的冷，常常是两只小脚丫冻得又红又肿。

这时，张雨霏仔细看了看台上的那个女孩，十一二岁，两个小脸蛋红扑扑的，一直低着头，有点儿卑微的样子。想想她家的宝贝儿子，再过两年，也跟她一般大了吧？可是，儿子过着衣来伸手、饭来张口的生活。每天，张雨霏除了上班外，最重要的一件事就是照顾他，给他做香喷喷的饭菜，让他穿最好看的衣服，别人拥有的他一定有。和这些留守儿童相比，儿子简直就是生活在福窝窝里！同样是孩子，为什么生活的差距就这样大呢？

想到这里，张雨霏也不由得举起手，希望主持人能叫到她的名字。可是，张雨霏没有成为帮助这个孩子的人，而是一位企业老总很幸运。

年轻的老总面带微笑，他说："我也有孩子，一双不挤脚的棉鞋，字字揪心！让我如坐针毡，我作为一名父亲，想说，孩子，你的愿望我帮你实现！我不光帮你买棉鞋，还要给你买棉衣、棉裤！"此时，整个大厅里洋溢着一股热流，温暖如春。

关爱留守儿童，让爱的热流奔涌！

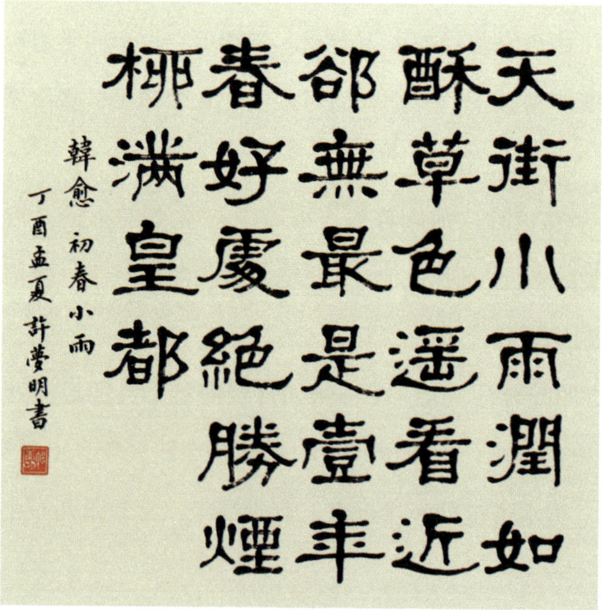

《初春小雨》（隶书） 优秀奖

许梦明 湖南省安乡县大鲸港中学

第六辑

您养我长大，我陪您赏花

《清音叙语》（国画）　一等奖

程琼　中泰证券股份有限公司

“怪味”的父爱

父亲的爱严肃，刚强而绵密。

王雨嫣一直在为这件事难过。由于年少时的懵懂无知，她对自己生命中那么重要的一个人施以冷漠，甚至怨恨。

那年，王雨嫣上初一。课间，她看到一个同学拿着个鸭梨吃，馋得直流口水。王雨嫣站在那里，目不转睛地望了那个同学很长时间。

回到家后，她“呜呜”地哭着非要吃鸭梨不可。父亲很无奈，最后还是答应了她的要求。翌日，王雨嫣如愿以偿地吃到了美味可口的鸭梨。那种清脆可口、香甜的味道简直就是人间美味，比什么都好吃。正吃着，邻居铁蛋在她面前嚷嚷开了：“吃得还挺香，这是你爸偷人家的……”

王雨嫣不敢相信自己的耳朵。

老实巴交的父亲怎么会偷东西呢？何况是不值钱的鸭梨。

王雨嫣和铁蛋打了一架，打得铁蛋直流鼻血，她才罢休。

后来，王雨嫣从母亲口中得知，她吃的鸭梨确实是柱子家梨园的。母亲告诉王雨嫣，因为她要吃鸭梨，家里又没钱买。那天晚上，父亲只好趁着月色溜进柱子家的梨园，给她摘了满满一布兜梨。刚要离开时，父亲和柱子爹迎面碰了个正着。一位中年男人偷东西让人家当场捉住，可想而知那场景有多尴尬。虽然柱子爹没要回那一布兜梨，也没让父亲难堪，但在几天后的村民大会上，父亲被当作典型受到村干部的批评。

王雨嫣怎么也想不到，父亲会做出这样丢人的事情来，她憎恶父亲的这种偷窃行为。王雨嫣开始恨父亲使她背负上了“小偷的女儿”的罪名。有这样的父亲，王雨嫣感到羞愧。

王雨嫣没上完初中就到远方打工去了。她想逃避自己，也想逃避卑鄙的父亲。她希望能在那个陌生的地方清洗掉父亲曾带给她的心灵上的创伤，躲避村子里那些用异样的目光看她的人们。

转眼间，8 年时间过去了，王雨嫣已是一家销售公司的副总，也有了一个帅气的男朋友。

那天，王雨嫣拨通了那个家信上早已告诉她、但她从没打过的陌生号码。电话那头，父亲激动得声音都发不出了。

当漫天雪花飘飞的时候，王雨嫣携男友回到了阔别 8 年的家乡。一进门，眼前的一切让她陌生：原来的土房子换成了一栋二层小楼。只是父亲静静地躺在床上，左腿缠着纱布，还打着点滴。

原来，父亲听说女儿要回家，就忙前忙后地装修房子，刷墙时，不小心从梯子上掉了下来，左腿摔断了。

凝望着父亲，王雨嫣的视线渐渐模糊，年少时父亲心甘情愿为她背上了“小偷”的罪名，如今又伤成了这样。她仔细端详着父亲，父亲已经满脸皱纹，干瘦的脸颊上写满了岁月的沧桑……

父亲真的老了。

“爸！”王雨嫣终于叫出了这个十几年都未叫出口的称呼。父亲的眼里尽是泪水，脸上却露出了一丝欣慰的笑容。

母爱从来不卑微

母爱是远行时语重心长的叮咛；母爱是一缕浓浓的芳馨；母爱是天涯游子心中的暖阳。天大地大，母爱无价。母爱是世界上最伟大的爱。

刚上班，办公室来了一位女孩，因为她要找的同事外出，刘伊伊便招呼她先坐下等一会儿。女孩坐在沙发上，因为没事干，便拿出手机玩。

刘伊伊边填写报表边和女孩闲聊起来，女孩告诉刘伊伊，她在距离县城不远的乡镇上班。刘伊伊定睛看了看她，一副近视眼镜，红色外套，长发披肩。翻阅脑海，刘伊伊忽然记起来，上周在他们单位开会时，招待客人的正是她呀。刘伊伊笑着问女孩："你就是那天开会给我们倒水的婷婷吧？"女孩红着脸说："是啊，我们单位年轻女娃多的是，可是领导偏偏让我给客人们倒水！"

"你别说，招待客人的人都是很机灵、有眼力见的，那些木讷的人是干不好这种工作的！"想不到，刘伊伊的一番话让女孩来了精神，她脸上露出了淡淡的笑容，话也多了起来。

女孩向刘伊伊投来羡慕的目光，叹了口气说："哎，不知什么时候才能像你一样进城啊！"看着她紧锁的眉头，刘伊伊安慰道："你还年轻，以后的路还长，在基层是个锻炼的机会，慢慢会有发展的！"女孩轻轻地点了点头，若有所思，半天才吞吞吐吐地向刘伊伊讲，她母亲原来也是某单位的领导，本该今年就能从岗位上退下来休息了，可是，为了多挣点儿钱给女儿在县城买房，心甘情愿卸任领导职务接受单位返聘，留在单位继续工作。

女孩说到这时，突然低下头，眼里泪汪汪的。刘伊伊能想到，一向受人尊敬的老领导为了自己的孩子，俯首低头，可能还要遭受以前同事在背后的指点和嘲讽，是够难为她的了。

刘伊伊想起一位朋友，当年上大学时，她的母亲放心不下，辞去工作，来到女儿就读的城市陪读。为了给她攒足学费，母亲竟捡起了废品。有一次，女儿好几个同学逛街时，竟然碰见了她母亲，瘦弱的老人像枚干瘪的核桃，很小，很小，她站在人潮汹涌的街头，满头白发在空中飞舞，冻得瑟瑟发抖，手里提着一个大编织袋，奔跑过去捡拾别人丢弃的矿泉水瓶子。母女四目相对时，女儿的心像被什么戳穿，顿时泪如雨下……

这就是母亲，为了自己的孩子，她们心甘情愿低到尘埃里。她们的生命平凡卑贱如田野里的草芥，可是，给予孩子的爱却深沉而厚重，从来不卑微。

《孝》（国画）　优秀奖
唐瑾　贵州惠水农村商业银行

爱在哪里，母亲的旅途就在哪里

爱在哪里，心就在哪里。母亲的旅途，与爱有关，与儿女有关，有思念，有牵挂！

周末，王利敏搭乘同事的顺风车回家，同事去接上刚看完戏的老母亲就启程。

老人80多岁，一路上，王利敏和老人有一搭没一搭地闲聊着。老人虽已高龄，但是说话严谨，滴水不漏。她问王利敏几个孩子？谁照顾？看着老人家兴致如此之高，王利敏便认真地一一作答。告诉她自己在城里上班，只有一个孩子，平时工作忙，照看孩子的任务就托付给婆婆了。

老人听完王利敏的话后，神情变得严肃起来："孩子还是要自己带，我们老人都溺爱孩子，会把孩子宠坏的！"她不由说起自己的孩子，她有三个儿子，都大学毕业，大儿子在上海工作，二儿子在北京工作，今天开车送她看戏的就是最小的，留在身边。说到这里，老人顿时眉飞色舞起来，脸上写满骄傲和自豪。

"阿姨培养出三个大学生，确实不容易啊！"王利敏听后赞叹道。

"那当然了，现在的年轻人生一个孩子都累得气喘吁吁……"老人津津有味地说着，眉宇间荡漾着自信。

"那您一定去过上海了？"王利敏问老人。

"去过的，我每年都要去上海旅游的。上海的高楼像树林一样密密麻麻，街道宽阔，车子多得像蚂蚁。相比之下，还是家乡好，山清水秀，四季分明，环境优美。”老人滔滔不绝地说着。

这时，开车的儿子按捺不住了，他笑着告诉王利敏：“那年我大哥刚去上海，没有找到合适的工作，半年没有音讯，我母亲着急了，也没跟家人打招呼，独自背着沉重的行囊去了上海。由于不识字，她在火车站里睡了三天三夜，饥渴难耐，最后被收容所带去，才打听到大哥的下落。后来，大哥说，母亲的包里装了 10 斤苹果，3 斤核桃，还有几双她亲手做的绣花鞋垫。那是母亲第一次去上海。”

他说着说着，眼睛湿润了。

王利敏的心里也酸酸的，不由地瞥了一眼身旁的老人。她满头白发，脸上沟壑似的皱纹迭起，两只树皮一样的手干瘪、粗糙。当王利敏问到老人这么大年龄去那么远不晕车吗？她笑着说，身体特棒，坐多久都不会晕车的，过几天，她还要去北京呢。

开车的儿子笑着对老人说：“妈，我开车送你去吧！”她高兴地应着。如果不是孩子，也许老人这一辈子都不会出远门，更不知道上海、北京在哪个方向了。爱在哪里，母亲的旅途就在哪里。

《大爱无疆》（白描）　三等奖　王宇卉
中国水利水电第七工程局有限公司城市轨道交通工程分公司

有时，索取也是一种爱

爱的方式有很多种，是给予，是陪伴，是帮助，是感恩，是一种无言的表白。其实，有时候，索取也是一种爱。

中秋节，刘青青和弟弟回到乡下老家，母亲说还给他们留着葡萄呢，并执意要带他们到她的园子里去采摘，尽管刘青青很不情愿。

到了地里，刘青青看到一树似玛瑙般的紫葡萄，晶莹剔透，在阳光照耀下闪闪发光。弟弟看到那些葡萄不由一阵惊喜，迫不及待地摘下一颗熟透了的，还没清洗就放到嘴里，边品尝边点头："嗯，真甜！"母亲站在一旁，笑得合不拢嘴："爱吃就好，这些都是留给你们的，走时，都带走吧！"说完，就朝地头那边走去。

但诱人的葡萄却没有引起刘青青丝毫的兴趣，她在地里东张西望，还自言自语道："我可不要，不爱吃那玩意！"这时，弟弟听见了说："我姐夫说他爱吃葡萄，还说回家时多给他捎点儿呢！"看着还没走出几步的母亲，再看看向刘青青使眼色的弟弟，刘青青丈二和尚摸不着头脑。

过了一会儿，母亲走远了，弟弟才说："刚才怕母亲听见不高兴，葡萄是父母辛辛苦苦劳动的成果，是母亲的一颗心呀，爱一个人，不仅仅是付出，还要索取，还要被对方需要着。我们做儿女的乐意接受母亲的这份劳动果实，她一定会很高兴。"

听着弟弟的话，看着他对眼前的葡萄爱不释手的情形，刘青青感觉到弟弟忽然间好像成熟了许多。刘青青惭愧地低下头。

刘青青想起刚参加工作时在乡下，每次临走时，母亲总是大包小包给她带很多东西，有爱吃的零食、日常生活用品等。母亲总是说，那里离城远，买东西也不方便，想吃什么了也买不到，多带点儿。其实，事实并非如此。自己都成人了，不应该让母亲再为她操心了，可是，母亲从不把这些作为一种负担，她为刘青青准备这些必需的东西时，脸上满满的都是快乐、满足和欣慰；要是刘青青执意不带，就会惹得母亲不高兴。

刘青青的弟弟一直在外工作，每次临走时，母亲总是给他蒸包子，装上她亲自腌的酸菜……回首往事，他们姐弟俩何尝不是在父母一次次的给予和对他们的索取中长大。

“妈，这葡萄真甜！多摘些吧！”抬头摘葡萄的母亲听到刘青青的话，高兴地应着：“好，好的！”眼前的一缕白发却垂下来，随风而舞。

那个瞬间，刘青青才明白，儿女们有时向父母索取，父母们就在这样无怨无悔的付出中幸福着。原来，索取也是一种爱。

《家风喻荷》（油画）　优秀奖

李婷　中国建筑装饰集团有限公司西北公司

您养我长大，我陪您赏花

陪伴才是最好的爱。您养我长大，我陪您赏花。抽时间多陪陪父母，让他们快乐地安度晚年。

刚开春，地里的农活还没开始，白冬雨就接父母来城里小住几日。

平时，白冬雨上班，女儿上学，家里只剩下两位老人。他们除了做饭外，再也没有其他什么事了。每次回家吃饭，父亲和母亲总是为了一句不经意的话而争论不休，而白冬雨却只顾着埋头吃饭，不吭一声。女儿的眼睛也只盯住电视屏幕哈哈大笑。这样一来，父亲与母亲说着说着就停止了。然后，母亲去洗碗，父亲则戴着老花镜看昨晚没看完的小说。父亲的眼镜戴得很低，说是看书，其实早就睡着了。终于，白冬雨忍不住了，大声说：“爸，您如果想休息的话，就去床上吧，小心感冒了！”

这时，父亲忽然惊醒，他看看白冬雨，睁大眼睛辩解道：“什么？没有呀，我在看书。”看着父亲一本正经的样子，白冬雨哭笑不得，无语了。

有一次，白冬雨和女儿很晚才回家，远远地看见家里的灯黑着，白冬雨以为父母外出散步了。可是，当白冬雨打开门，开灯的时候，却看见他们端端正正地坐在沙发上发呆。白冬雨惊讶地看着他们，有些不解，急忙问：“都这么黑了，为什么不开灯呢？”父亲看了看母亲，笑着说：“这不是怕浪费电吗？”原来，父母是为了节省呀！这时，白冬雨仔细看了看母亲，她个子不高，这些年发福了，原来苗条的身材早就走样了，脸上也横七竖八地爬满了树皮一样的皱纹，写满了沧桑与疲惫。父亲的背也弯了，曾经犀利的目光也不知何时变得无力了。

记忆中，母亲是个爱说爱笑，尤其喜欢打扮的女人。见人总是一脸笑，就像三月里的桃花，绽放着一脸的灿烂，美得让人沉醉。母亲是村里的一枝花，走到哪里，都受人喜爱。父亲是医生，他总是风风火火，张三感冒了李四头痛了，不管谁有病都来找他医治。当了一辈子医生的他，就是退休后也没闲下来，只要乡亲们上门来看病，他绝不推辞。父亲为什么这么做，他说："我不只为了挣钱，做点儿事才是重要的！"

母亲是条河，奔流不息，母爱默默无闻地流进子女的心田；父亲是座山，他站着是峰，躺下是岭，是子女的依靠。而今，看着步履蹒跚的父母，白冬雨心里酸酸的，她知道，她的河流马上枯竭，她的大山也即将失去伟岸。

白冬雨想起一位朋友，他说，自己在市里有房子，可是，每周他都要回老家住一宿，只为了陪伴年迈的母亲。前些年母亲生病卧床，三年来，他几乎每天都不离左右，只要有时间就待在家里，未曾远离过。母亲只要看到他的身影，听到他的声音，脸上总会露出淡淡的笑容。

陪伴才是最好的爱。可是，对于白冬雨来说，有多少时光已成蹉跎。白冬雨打算，每天也听听父母喋喋不休的唠叨，不再让他们黑灯瞎火的独坐，陪他们走出家门，看陌上花开，听枝丫拔节，闻百鸟争鸣，一起欣赏春天的美景……

看着母亲慢慢变老

“老去”是一个漫长的过程，悄然无声而来。不知不觉，母亲慢慢变老了，母亲不得不把子女当成依靠。

刘媛媛和母亲乘火车去外地的二姨家，车还没停稳，母亲就拎着沉重的行李包跟着人流一窝蜂似地朝车门奔去。

母亲个子不高，略微发福的身子看起来很笨重。为了能赶上母亲，原来还数步数走的刘媛媛加快脚步，一路小跑追上母亲。在车门口，透过拥挤的人群，母亲站在火车上向刘媛媛喊：“快点儿，把包给我！”上车的人太多，一个挨一个，刘媛媛费了很大劲才把手中的包递给母亲。

坐在车上，母亲大口大口地喘着粗气，甚至可以看见她脸上渗出点点晶莹的汗珠。刘媛媛对母亲说：“你慢慢上嘛，看把你累的。”母亲回答道：“坐火车不比汽车，是有时间限制的，时间过了就上不了车了！”这时，刘媛媛看看车厢里稀稀拉拉的座位，心想，今天坐车的人并不多，根本没必要那么吃力挤呀！母亲依旧气喘吁吁，嘴里还不时说着：“好累啊！”身边的一位旅客望了母亲很久，笑着对刘媛媛说：“你母亲老了，我们老人小跑两步就是这样。”刘媛媛内心一阵惊异，她从没想过母亲已经开始老去。即使她真正老了，刘媛媛也不想接受这个残酷的现实，在她心里，母亲是个风风火火的女强人，为了操持这个家，晚睡早起，像台不知疲倦的机器，不停地忙碌。

生命轮回，时光荏苒。母亲目睹刘媛媛长大，而刘媛媛眼睁睁地看着母亲慢慢变老，竟然无能为力。这个过程曾让刘媛媛辛酸，更让她愧疚。

10 岁时，刘媛媛很喜欢母亲。那时，母亲就是她的一把大伞，依靠的港湾，母亲的怀抱是多么温暖。刘媛媛上学做早操时，总能看见母亲扛着铁锹、锄头从离学校不远的小山路上经过，母亲的身影是那样的熟悉而美丽。这时，刘媛媛会自豪地告诉她同学：“看，那是我妈，漂亮吧！”

《牵挂》（版画） 二等奖
罗莎 中建七局西南公司

20岁时，刘媛媛开始“讨厌”母亲。青春叛逆期，刘媛媛的性格变得有些古怪。每周，母亲走很长的路程，背着一布袋子锅盔去学校给她送吃的。那时，她的母亲穿着鲜艳的大红大绿的衣服，看起来和城里那些打扮时髦的女人格格不入，而又是那样老土，土得掉渣。母亲站在校园，面朝教学楼，头仰得老高，大声喊着：“妞妞！妈来看你了！”刘媛媛听见了，心里满是怒气，她箭一样冲下楼，恶狠狠地夺过那个“破”袋子，板着脸说：“让你别来，回去，以后别来找我！”

30岁时，刘媛媛懂得感激母亲。那时，刘媛媛已经成了孩子的母亲，经过了人生些许的颠簸不平，她开始变得成熟，也有了自己的人生感悟。当看到炎热的三伏天，母亲抱着孩子，在闷热的屋子里团团转圈时，刘媛媛的泪水止不住地往下流，忍不住说：“妈，您辛苦了！”

当刘媛媛从母亲身上学会如何做人、学会了如何带孩子时，母亲却已经满头白发，老去在纷尘的岁月里。

看着母亲慢慢变老，刘媛媛的心隐隐作痛，暗下决心：过去您是我的依靠，从今天起我要成为您的依靠！

天使也孤独，需要有人陪

父母，在儿女眼中，是依靠，是寄托，是榜样，是天使……然而，即使是天使，生活不全是无忧无虑，快乐无比，也有孤独的时候。

杨萍萍遇见那位老人是在下乡安全检查的时候。他满头银发，背弯成了一张弓，古铜色的脸上爬满了沟壑似的皱纹，但是，目光淡定而深邃。

让杨萍萍她们更为诧异的是老人的住所，那个老屋位于一个偏僻的小巷子里，斑驳的门楣，脱落的墙面，覆满岁月的烟尘，透露着尘世的几多沧桑。空旷的院子里长满了野草，高的低的，蓬蓬勃勃的野草随风轻轻摇摆，沙沙作响。房檐下盘着蜘蛛网，人走过，落在手臂上和脸上，黏糊、阴冷。杨萍萍望着空落的院子，不由深深叹了口气。

杨萍萍一行人中，有一位心急的同事终于按捺不住，迫不及待地问老人："为什么这么大的院子只有你一个人？老伴和孩子呢？"

就这样，他们找到院子中央一块可以落脚的地方和老人闲聊起来。谈话中，杨萍萍知道，老人今年85岁，老伴早已过世，唯一的儿子还在南方一座城市打工，多少次让他过去住，可是，老人还是不愿意去。这个老宅子曾是单位的福利房，因为没有统一供暖，没有住宅所需的一些基础设施，住户们陆陆续续都搬走了，就剩下他一个人住在这里。对一所房子的留恋就像对一个人一样，相处久了，闻惯了他身上的味道，熟悉了他的喜怒哀乐，想要离开，何尝容易？其实，儿子早就给他在小城最好的地段购买了新房子，可是，他还是没去，房子也一直闲置着。他说，这里有他和老伴最幸福的一段时光，开心的瞬间，艰难的岁月，往昔的一幕幕像放电影一样在眼前浮现，他舍不得离开。

听着老人的倾诉，杨萍萍柔软的内心有些感动，不由自主地掀开了那扇门。她看到屋内布满灰尘，那些老旧的饭桌、木椅、灶台和橱柜，倒着、歪着、腐烂着，在厚厚的一层尘埃中被定格在寂静的时空里，让人陷入某种深不见底的往事回忆中。最引人注目的还是茶几上放着的一碗做好的饭，没有一丝油星，一根青菜，除了白，还是白，其实就是一碗白开水煮面。深深地凝望着这一切，杨萍萍和所有人都惊呆了，不敢想象一位80多岁的老人，孤独一人，是如何在这里生活的。

出于关心，杨萍萍便问起老人有电话没？怎么才能保证自己的人身安全？老人听后，摇摇头，表示一无所有。杨萍萍的心里出现了很多假如：有一天，他悄悄地闭上了眼睛，再也不能醒来，有谁能知道呢？假如发生了火灾，他又怎么逃离？地震了、发洪水了……

在大家喋喋不休地追问下，终于，老人说出了埋藏在内心已久的肺腑之言："我是怕打扰儿子的生活。哎！人老了可怜呀，整天连个说话的人都没有……"杨萍萍看见他说话的时候眼里泛着晶莹的泪花。

不知在哪里，杨萍萍看到过这样一句话："每位父母都是孩子们的天使，都想把世界上最美最好的留给儿女。"可是，又有谁知道，天使也有孤独的时候，也需要有人陪。

临走时，看着老人恋恋不舍的样子，一位同事拉着老人树皮一样的手说："老爷爷，相信我们吧，我们会常来看望您的！"同事说出了大家的心里话。

杨萍萍也默默念着，我会抽出时间来陪他，让细微的温暖直抵他的心灵，让爱进驻老人的心底，让天使不再孤独和寂寞。

只想和你说说话

总有一天，你一生至爱的父母会变老，他们头发白了、眼睛花了、耳朵背了，坐在院子里、阳台上晒太阳，或者看着街上熙熙攘攘的人流发呆，眼睛里一片茫然，是那样孤独、寂寞。也许，慢慢老去的父母需要的不多，他们只想和你说说话而已。

刘婷婷出去办事，不经意间看见一辆熟悉的自行车停在单位门口，走近一看，那辆自行车还真是自己的。刘婷婷猜想，很可能是父亲骑来的。几天前，父母才从乡下老家回来，天冷，一再叮嘱他们没事别出门。

定睛看了看，终于在不远处看到了父亲。他正和一位穿着朴素的老人津津有味地谈论着什么。刘婷婷不由加快了脚步，走到父亲跟前，两位老人谈话太投入了，根本就没发觉刘婷婷。为了不打扰他们，刘婷婷只好站在一旁静静地倾听着。

“我女儿说了，早晨起来一杯白开水，能防便秘，冲刷胃肠，还能清醒大脑，好处可多呢！我女儿说了，老人吃饭一定要清淡，粗茶淡饭真滋味，大鱼大肉则有害无益。我女儿说了……”从没有想到过，在家一直沉默寡言的父亲怎么一下子变得这么善谈？而且统统都是“女儿说”，刘婷婷不解，她什么时候跟父亲说过这么多的养生知识呢？

刘婷婷正想喊父亲时，又听见那位老人说话了：“哎，还是你有福，养了这么孝顺的女儿！我的孩子都忙得不可开交，上班的上班，做生意的做生意，没有空闲和我说话的。自从老伴去世后，每天回家空荡荡的，成了孤魂野鬼……”老人说着，脸上露出一副无可奈何的神情。

父亲依然装作很自豪的样子，眉飞色舞地讲着“女儿说”。刘婷婷不由想起，最近工作上遇到一些烦心事，心情不好。每天回家后，她很少说话，即使父母有意问起，也只是沉着脸，“哼啊哈”地应两句。当了一辈子领导、讲了一辈子话的父亲一定憋坏了，所以，趁她上班的机会，出门有意找熟人聊天！

看着父亲瘦弱的身子，斑白的头发，刘婷婷的心隐隐作痛，鼻子酸酸的。她转过身去，强忍住快要掉下来的眼泪，一句话也没说，默默地离开了。

作为儿女，有时间在网上费尽心机地和一个未曾谋面的陌生人谈得天花乱坠，有时间在酒桌上神吹海侃，可就是没有时间陪父母说说话。那一刻，刘婷婷终于明白，陪父母说说话，对父母来说是多么重要。匆匆赶路的人们啊，可曾想起过家里寂寞的父母，其实，他们很想和你说说话！

《梦境》（油画） 优秀奖
李小雪 成都国际机场广告传媒有限公司

回一条短信，让父母的爱不再搁浅

作为父母，总想把最好的给子女，就像一支燃尽的蜡烛，到年迈时，只留下了寂寞和孤独。作为子女，应陪父母慢慢变老，对父母的一切都要上心，哪怕是父母发来的一条短信，也要及时回复，不能不理不睬。

颜若兮父亲的手机坏了，接不了电话，也打不出去电话，拿去修理时要300多元钱。要知道，手机是弟弟交话费时赠送的一款老式机子，都用了好多年了，现在最多值100元。颜若兮想起家里有一款闲置不用的智能手机，于是就送给了父亲。

当父亲拿着女儿送他的手机时，乐得嘴都闭不上了，低头，坐在沙发上，小心翼翼地点着，一副聚精会神的样子。过了一会儿，有电话来，父亲接通说："对不起，打错了。"原来，父亲压根就不会使用这新玩意，弄来弄去，一不小心电话自动拨出了。

颜若兮坐在父亲身旁，给他讲了半天手机的使用方法。父亲像个小学生一样，听得相当认真，不懂的地方还不断地问。

父亲对这部半新不旧的智能手机爱不释手，还专门买了手机套，逢人就显摆："这是我女儿送的，牌子手机，智能手写，不错！"

那一天，颜若兮无意中收到一条父亲发来的手机短信。打开一看，却一个字也没有。那时颜若兮正忙着手头的工作，心想一定是父亲不会用手机，按错键了，也没有时间理会。晚上，又收到父亲发来的一条短信，只见上面写着一个

“一”字。颜若兮不明白，这是什么意思呢？于是，打电话过去问父亲。电话中，父亲呵呵地笑着说：“不会用，不知怎么就发去了呀，我也不知道的。”随后，颜若兮和父亲在电话中闲谈了几句就匆匆挂断了。

颜若兮周末回到乡下老家，和母亲聊天，说起父亲不会使用智能手机，提出要给父亲的手机设置一个键盘锁，说这样就能防止电话自动拨出或者胡乱发信息了。可是，母亲却笑着告诉她，那些短信是父亲故意发出去的，他知道女儿工作忙，怕打扰，就发了空白短信，当然了希望能收到女儿的回信，哪怕是一个字没写也行，但是，却没有。母亲说着，眼里泛着点点泪花。

颜若兮看着母亲额头的皱纹和两鬓的白发，她的眼前浮现出这样的情景：乡下的老屋里，二老寂寞地拿着手机试探着给女儿编写信息，想把问候和思念送给女儿，发出去后就望眼欲穿地盼望着回信息。然而，一次又一次地让他们失望。他们的女儿没事时会打电话和朋友聊天，也不会想着给老人回一条短信。

想着想着，颜若兮内心一阵愧疚。心说，以后哪怕再忙也要给父母打电话、回复短信，让父母的爱不再搁浅！

和父母住在一起，让爱靠得更近些

世界上最不能等待的事是孝敬父母。和父母住一起，让爱靠得更近些。

去年，陈妮妮变卖了城南的房子，搬到城北和父母住在一起。前几天，闺密小兰到家里做客，看到一大家子人，就说：“你这是自寻烦恼啊！我们一结婚就搬出去单住了，无拘无束，过着快乐的二人世界，才不会和父母挤在一个屋檐下呢！”

“这有什么烦恼的呀？”陈妮妮不解地问。

“你看，父母和咱们有‘代沟’，难免会发生分歧。再者，你们住在一起，这家里的开销就大了，各种费用谁来付……”小兰说了一大堆和父母住在一起的不便之处。

听了小兰的话，陈妮妮笑了笑：“我觉得和父母住在一起蛮好啊！”小兰睁大眼睛，听陈妮妮继续讲着。

陈妮妮告诉她，其实，刚结婚时他们也在城南买了房子，和父母分开住。只有节假日时才回家看看，每次父母像招待客人一样，给他们做好吃的，离开时，他们更是将有用的东西“席卷一空”，这样的日子是不错。

可是，有一次，陈妮妮出差去了外地。半夜，父亲打来电话说母亲的高血压病犯了，老公心急如焚，便骑摩托车回家看望，路上不小心又摔伤住进了医院。父母年龄大了，又多病，不在一起住照顾起来不方便。于是，陈妮妮决定卖房子，和父母一起住。

没想到，和父母住在一起后，生活变得轻松而快乐。每天下班后，陈妮妮能吃上香喷喷的饭菜。每逢周末，陈妮妮还能舒舒服服地一觉睡到自然醒，再也不用花费大把的银子请保姆照看儿子了，父母为他们节省了不少生活开支。每天，看着父亲和小区里的老人悠闲地打扑克牌、晒太阳，母亲则把家里打扫得一尘不染，陈妮妮心里就有种说不出的高兴。

陈妮妮发现，和父母住在一起，家，忽然间变得温馨多了。今天乡下的阿姨提着新鲜的时令蔬菜来了，明天村里的伯伯、叔叔来了，他们和父母拉着家常，说些心里话；隔壁邻居家的孩子也经常来找陈妮妮的儿子玩耍，大人的谈话声、孩子银铃般的笑声萦绕在屋子里。

和父母住在一起，陈妮妮才知道自己还是个孩子。生活中遇到不顺心的事，回家会讲给父母听，母亲总会给她讲道理，让她明辨是非，慢慢的，她会从迷茫中醒悟，又开始新的一天。每天都能看到父母，陈妮妮再也不用时刻牵挂他们的健康了。休假时，陈妮妮和老公会钻到厨房，为父母做一顿可口的饭菜，让他们也享享清福。俗话说：“家有老，是个宝。”这话一点都没错。

小兰听了陈妮妮的讲述，脸上泛起一丝红晕。陈妮妮继续说：“禅家有语，世间最珍贵的就是把握现在的幸福。我感觉，和父母住在一起，让父母能感受到子女对他们的孝心，这才是子女最大的幸福呀！”

《孝》（国画）　优秀奖　唐瑾　贵州惠水农村商业银行

让女儿搀扶您起来

“慈母手中线，游子身上衣。临行密密缝，意恐迟迟归。谁言寸草心，报得三春晖。”千古佳作《游子吟》曾经让多少儿女魂牵梦绕，念念不忘。母亲是儿女心中的太阳。她的爱比海深，比山高，让做儿女的永远也报答不完。

刘诗云兄妹三人，一个哥哥，一个妹妹，如今都结婚成家了，日子过得都不错。今年年初，刘诗云把原来的旧楼卖了，买了新楼房。装修完，搬进新楼住了有小半年了，想想父母还没来新楼住过。于是，周末去乡下接父母过来小住几日。她的父母一生勤劳，闲不住，到哪个孩子家都爱干活。来后的第二天，早上起来，二老就开始打扫卫生。

母亲站在梯子上擦吊灯，父亲扶着梯子，在下边指挥。父亲转身去洗擦脏了的抹布时，梯子突然晃动了一下，没想到母亲就从梯子上摔了下来。

刘诗云在卧室看书，听到“扑通”一声，她急忙跑出来，只见母亲躺在冰凉的地板上痛苦地呻吟着，站在一旁的父亲吓得不知所措。刘诗云赶紧挽起母亲的一只胳膊，搀扶着她站起来，坐在沙发上。

刘诗云问母亲：“痛吗？”60 多岁的老人哪能经得起这坚硬的地板磕碰，半天，她才颤颤巍巍地回答：“没事，没事。”看着母亲脸上痛苦的表情，刘诗云知道，摔得不轻。

刘诗云坐在母亲身旁，轻轻绺了绺她额头上的白发，看到母亲额头的皱纹沟壑纵横般迭起，黝黑的皮肤闪着光亮，一瞬间，刘诗云的心开始颤抖。

小时候，父亲在外地工作，家里所有的担子全压在母亲一个人肩上，除了侍弄家里的那几亩地外，还要照管他们兄妹三人的学习和生活。母亲常常是风里来，雨里去，又当爹又当妈，吃了不少苦头，流了不少泪。那时候，刘诗云个子矮小，体弱无力，许多男孩子老是欺负她，母亲总是保护着她，不让她受欺负。

有一次，邻居家一个男孩抢去了刘诗云的铅笔刀，刘诗云气得坐在地上哇哇大哭。这时，下地干活的母亲回来了，扶起哭泣的女儿，怜惜地拍了拍她身上的尘土，一边帮她擦眼泪一边说："不哭。"刘诗云心想，母亲肯定会好好教训那个讨厌的家伙。可是，母亲却面带微笑，轻轻走到那个男孩身边，说："铅笔刀送给你了，她是你妹妹，以后不许再欺负她了。"从那以后，那个男孩再也没有欺负过刘诗云，还和刘诗云成为好朋友。在母亲的细心呵护下，兄妹三人慢慢长大，后来都考上了大学，村里的乡亲们都很羡慕。

再后来，兄妹三人相继成家，都找到了自己的幸福。孩子们刚成家，日子过得很紧，为了接济他们，父母去外地做起了小生意。

每每坐上几个小时的火车，来到父母身边，看到他们辛苦的样子，刘诗云心里很不是滋味。劝他们说："爸、妈，回家吧，别干了！"母亲却总是敷衍着说："干一段时间再说。"

一晃好几年过去了。去年年底，母亲得了一场病，在兄妹三人的极力劝阻下，父母才恋恋不舍地回家了。子女们本想让父母回老家安享晚年，可是，二老却没有闲下来，回老家后又开始忙着种那几亩地。

这二老就是闲不住，这不，刚到刘诗云家住一宿，早上起来就打扫卫生。父亲说："这是新房子，没有什么可收拾的。"可是，一生爱干净的母亲却执意要打扫，说："你看，那吊灯都脏了，得好好擦擦。屋子里干干净净的，人住在里面才舒心。"

母亲摔伤后，躺在床上静养，刘诗云请了假在家里细心地照顾着。每当母亲挣扎着要自己起来时，刘诗云便走上前，轻声地说："妈，让女儿扶您起来！"

教父母学说普通话

姜思萌自从把父母从乡下接到城里后，父母常常唉声叹气，愁眉不展的样子。一问才知道，他们来城里后，人家说的都是普通话，他们说的家乡话别人听不懂，无法和他人说话聊天，心里有些失落。

那天下班刚进小区，姜思萌就看见父母和小区里的几位老人坐在一起，以为他们在聊天。可是，走近才看到，几位老人聊天聊得很开心，时而哈哈大笑，而父母却一脸茫然。回家后，母亲说："他们说的什么话，我和你爸根本就听不懂！只能当观众了！"

晚上，当姜思萌把这件事告诉老公时，老公笑着说："那好办呀，咱们下班后教爸妈学习普通话，不就行了！这是中国语言，又不是外语，有什么困难的呀？"于是，每天下班后，姜思萌和老公开始教父母学说普通话。他们说一句，父母就跟着学说一句，像个小学生一样。父亲倒是认真，母亲就不一样了，她学着学着，有时方言就冒出来了，这组合真是不伦不类，惹得全家哈哈大笑。

姜思萌的老公告诉父母："普通话是我们中国的标准话，走到天涯海角都能交流，最好的老师就是跟着电视学。"

有一次下班回家，姜思萌走在楼道里就听见家里的电视声音放得特大，接着传来父母学说普通话的声音。为了不打扰他们学习，姜思萌没有敲门，准备拿出钥匙开门，这时，忽然又听见母亲用方言说："你那骚情的样子，看把人日踏了着！"随后就传来父亲的说话声："额不就在制达多看了一会儿，又咋咧？"

姜思萌进屋，才知道他们学说普通话时，父亲多看了一眼漂亮的女主持人，母亲一生气，两个人就吵起来了。父母让姜思萌给他们评理，姜思萌强忍着笑说："以后不许说家乡话，就是吵架也要说普通话！"父母听了姜思萌的话，相互笑了笑，默许了。

就这样，过了几天，姜思萌的父母终于学会了说普通话。没有了语言障碍，他们俩平时就到楼下，和小区里的老年人下下棋，谈谈心。时间长了，善于交际的父母还交了几个知心朋友，他们开始带父母到公园去跳舞，打太极拳。

看着父母脸上露出了笑容，姜思萌也打心眼里高兴。教父母学说普通话，使姜思萌慢慢地感悟到，真正对父母好，就是要帮他们找到生活的乐趣。

《慈母爱子非为报也》（重彩画）　优秀奖
梁远飞　四川省达州市宣汉县白马乡中心校

把亲情印在骨子里

有一颗感恩的心，理解父母的付出，孝敬就是一种让自己散发人性光芒的美德。

杨菲菲下班，走到市政府门口时，看见一些人在争论什么，围了好多人，挡住了道路。杨菲菲只好从自行车上下来，绕道而行。忽然间，人群中，一个熟悉的身影映入她的眼帘，觉得这个人很像她父亲。

杨菲菲挤过人群，走近一看，还真是她父亲，便喊了一声：“爸！”父亲转过身，看到女儿，先是一愣，然后笑着说：“你下班了，你妈让我去超市买些东西，路过这里！”杨菲菲知道父亲爱凑热闹，便嗔怪他：“这有什么好看的，还是回家吃饭吧？”父亲却告诉她，他已经吃过了，让她先回家。

杨菲菲回到家，一进门就打电话给母亲，告诉父亲还在政府门口看热闹呢，不回家。完了，杨菲菲还说：“不就是有人吵架吗？这有什么好看的。我爸越来越像小孩了。”母亲听完杨菲菲的话，半天，才吞吞吐吐地告诉她，父亲其实不是看热闹的，是在看那些人讨工钱。原来，父亲赋闲在家没事可做，就偷偷背着家人去建筑工地当小工，可是，辛辛苦苦干了一个多月，一分钱也没拿到，老板也不见了踪影，无奈之下，只有求助政府了。听着母亲的话，杨菲菲有些诧异，每周自己都去父母家，可从没发现父亲有在外干活的踪迹。

杨菲菲在电话中对母亲说：“家里又不缺钱，再说，都有退休金，有必要像年轻人一样风里来雨里去的到处奔波吗？干了一辈子革命工作，也该歇歇了。”

母亲叹了口气，说："你爸说了，今年你买车买房，日子过得紧巴巴的，你弟弟刚成家，他在家闲着也是闲着，多挣点儿钱好接济接济你们。"母亲的话字字揪心，想起年过半百的父亲每天还和年轻人一样站在高高的脚手架上，冒着严寒不辞辛苦地干活，顿时，杨菲菲的心里酸酸的。想和母亲说些什么，可是脑子里一片空白，竟然一句话也说不出。

下午上班时，走到市政府大门口，远远的，杨菲菲就看见父亲和几个人依然守在那里。父亲穿着单薄的衣衫，瘦小的身子裹在寒风里，就像一粒干瘪的稻子，是那样弱不禁风。父亲的眼里有些迷茫，眼神不停地盯着办公楼张望。杨菲菲想过去劝劝父亲：还没到上班时间呢！回家吃了饭再说吧！可是，又一想，这可是父亲心里的秘密，她可要保守这个秘密呀！

想着，杨菲菲又转过身，头朝着和父亲相反的地方，故意乱看。没和父亲打招呼就走进了单位的大门。

当杨菲菲回头再看父亲时，他好像也发现了杨菲菲，急忙蹲下身子，抱着头装作没看见她的样子。这时，一缕阳光漫过来，照在父亲花白而凌乱的头发上，杨菲菲心里有种说不出的滋味。

杨菲菲理解父亲的苦衷，她要把父亲这深深的爱，永远记在心里。

爸，我给您买双新凉鞋

当父母年老时，孩子正处于青壮年，有事业要忙，有小家庭要打理，似乎没有时间细心去解读父母的所想所思以及他们不便言说的心理需要，其实只要细心地观察父母，理解他们一生的酸甜苦辣，就能将感恩回馈做得体贴入微，让老人在心理上有所安慰。

赵雨霏的父亲一直在外打工，很长时间他们才见上一面。在赵雨霏的心中父亲是位很能干的人，为子女遮风挡雨，让赵雨霏自始至终觉得父亲是她依靠的港湾。

前些天，父亲回来了。赵雨霏正打算给父亲买礼物时，父亲说他的脚烧得厉害。父亲有脚气，大热天他还穿着严严实实的皮鞋。赵雨霏说："爸，我给您买双新凉鞋吧！"父亲听了，像个小孩似的羞羞答答，半天才说："算了，还是我自己买吧。"话是这么说，父亲心里还是希望穿女儿给他买的鞋子。

一天，赵雨霏叫上父亲和母亲，来到热闹繁华的一家超市。时值下午，外面仍热浪滚滚，超市里在中央空调的作用下却凉爽无比。在男士鞋类购物区，父亲看着货架上各式各样的凉鞋兴奋得爱不释手，挑来选去终于选中了一双黑色的新款男士沙滩凉鞋。她吩咐超市店员拿来鞋盒准备打包，父亲连忙问："这鞋多少钱啊？"

"518元！"女店员说。

"算了，我不要了。"父亲的脸色渐渐暗沉下来，发起了牢骚："人造革的鞋子还这么贵，在外面买顶多几十块，心黑呀！”母亲在一旁拿着鞋子翻来覆去看，很配合父亲，随声附和道：“就是吗，人造革！”这时，赵雨霏看到那位女店员狠狠地用眼睛瞟了一眼父母，很不情愿地把鞋放到了货架上，嘴里嘀嘀咕咕说着。

看着女店员的表情，赵雨霏的脸一直红到耳根，急忙把母亲拉到一边，悄悄对她说：“又不让你们掏钱，嫌贵不买，多丢人啊！”

母亲听了赵雨霏的话，大声说：“丢啥人？咱没偷没抢的，堂堂正正买东西，看你这娃说的。”母亲的理由很充足，分明是在训斥赵雨霏。由于说话声音很大，不少人驻足朝他们这边观望，以为吵架了。赵雨霏很尴尬，一时不知所措，真是丢人现眼，心想再不和他们出来买东西了。硬着头皮，赵雨霏拉着母亲的胳膊走出了商场。

父亲跟在赵雨霏的身后，嘴里还念叨着：“到地摊上买双算了，几十块钱，划算！”赵雨霏气得半天没说话，只是一个劲向另一家超市走去。到了那家超市，琳琅满目的鞋子看得人眼花缭乱，赵雨霏想让父亲试鞋子时，回头看看，发现父亲不见了。母亲说：“你爸这几年在外面时间长了，对咱们这里太陌生了，你快去找找，别走丢了。”赵雨霏急忙冲出超市，站在门口焦急地四处寻找父亲。

街上人川流不息，赵雨霏踮起脚吃力地张望着，望着望着，终于在如潮的人海中发现了父亲瘦小的身影。父亲穿着多年前她给买的那件乳白色短袖衫，正站在对面。父亲边走边望，一看就知道他也在寻找赵雨霏和母亲，夹杂在人群中，父亲的身影显得很瘦小。看着父亲，赵雨霏心里有种说不出的酸痛。

穿过人群，赵雨霏跑到父亲面前说：“爸，我们在这呢！”她不敢正眼看父亲，害怕自己的眼泪流下来。

在那家超市里，父亲依然没有同意买凉鞋，不是没有他看上的，而是这家的鞋子比刚才那家的还贵。最后，她们又打道回府到刚才那家超市，赵雨霏没和父亲商量就把刚才试好的那双 518 元的凉鞋买下了。

刚进家门，父亲就迫不及待地换上了新鞋子，在客厅里来来回回边踱步边啧啧赞叹："鞋好，价钱也好！"

赵雨霏的父亲辛辛苦苦将几个子女抚养成人，甚至连双像样的鞋子都舍不得买，这份心思，身为子女是否真正懂得呢？

《传承》（油画）　二等奖
何巧凤　中建七局建装公司

父亲的“互联网+”生活

最美不过夕阳红。“愿生命中有够多的云翳，来创造一个美丽的黄昏。”让我们就像冰心说的那样，人人都拥有属于自己的“美丽黄昏”。

前段时间，王静怡将父母接到家里小住几日。可是，在乡下住惯了的父母总是说，城里人的门关得严严实实，就像钻进了鸽子笼里，加上人生地不熟，连个说话的人都没有，把人快憋死了。为了排遣老人心中的郁闷，王静怡给父亲买了一部智能手机，下载了微信、QQ 等软件，教会他怎么使用。

自从有了这部智能手机，父亲脸上露出了笑容，生活也变得丰富多彩起来。当了一辈子数学老师的父亲对这部新鲜玩意特别上心，由无所事事变成了一位时尚达人，过上了“互联网 +”的新生活。

父亲除了在手机微信、QQ 上和朋友聊天交流外，主要还学会了一些新鲜东西。

前几天，趁国庆放假，王静怡一家三口和父母去一个著名的旅游景点游玩。国庆长假期间，旅游景点到处都是游客，人山人海，购票窗口排成了长队。王静怡有些发愁，这得等多久才能买到票啊！这时，父亲径直走到售票窗口，和售票人员嘀咕了几句后，拿出手机扫了一下二维码。然后，父亲向我们挥挥手，示意我们进去。就这样，一家人轻松地进入了景区游玩。看看外面排成长龙的购票人群，王静怡很纳闷。原来，就在他们出发前一天，父亲在手机 APP 上订购了景区门票、下载了旅游线路，还细致周到地预定了酒店。旅游的那些天，在父亲的“操控”下，一家人玩得很开心。

父亲戴着眼镜，拿着手机，一会儿在朋友圈晒旅游照片，一会儿回复朋友的留言，一会儿又开启手机导航功能，忙得不亦乐乎！王静怡的儿子不由地竖起大拇指夸赞：“姥爷好聪明啊！”父亲笑了笑：“那是啊，别看我老了，但是，心还年轻呢，这些新鲜玩意，都是我自己学的，不比年轻人差吧？”看着父亲扬起的眉毛，王静怡佩服得五体投地。这真是“手机在手，途中无忧”。父亲“互联网+旅游”的新生活着实让王静怡大开了眼界！

旅游回来，父亲又正襟危坐，捧着手机钻研起新的“互联网+”新模式，他申请了支付宝账户并绑定了银行卡。这样一来，一有时间，喜欢购物的母亲就在网上买东西，从时尚衣服到日常用品，等等。每当有快递员送货上门的时候，母亲总是笑不拢嘴，好像这些“宝贝”是从天上掉下来似的。而喜欢理财的父亲则在手机上开始寻找新的理财方式。于是，他开通了余额宝，将自己的退休金转存里面，说是在余额宝上理财主要是比存款更高息，比基金更方便，操作流程简单，使用方便快捷。平时家里交水电费、电话费等，父亲都能一键搞定。这些对于王静怡平时都很少接触的新事物，父亲却使用自如。

王静怡的母亲患有高血压、高血脂、高血糖，于是父亲就从网上给母亲购买了一块腕表。只见父亲拿着这块神奇的腕表，饶有兴致地对母亲讲：“别看这个东西小，用处可大了，不仅可以打电话，可以测血压，心率、血氧等健康指标，还可以知晓你所在的位置，对你这样的患者，非常管用！”母亲小心翼翼地戴上那块腕表，脸上笑开了花。王静怡唏嘘不已，看来，老爸的“互联网+健康”的新生活真是棒！

父亲的“互联网+”生活总是走在时尚的前沿，带给他幸福和快乐，让身边的老人们都羡慕不已。父母找到了生活的乐趣，日子过得舒服又惬意，王静怡这个做女儿的也跟着高兴。

家，永远是温暖的港湾

家是温暖的港湾。风雨再大，都不怕，只要有个温暖的家。

白芳芳的母亲打来电话，问她什么时候回家过年。看看忙碌的工作安排表，白芳芳再也无心干手头的工作了，匆匆向老板请了假，急忙奔向火车站，提前购买回家的车票。

车站里人山人海，售票的窗口前排成了如蛇的长队。回家的人们大包小包提着，脸上写满快乐和乡思。站在白芳芳前面的是一位年轻的姑娘，她不停地踮起脚尖眺望："怎么这么慢呢？猴年马月才能轮到咱们呀？"

"不是慢，是春运期间坐车的人太多了，耐心等待吧！"白芳芳笑着对她说。

"都两年没见家人了，说实话，心早已飞回去了！"姑娘看看白芳芳回答道。就这样，她们俩有一搭没一搭地谈着。姑娘告诉白芳芳，多年前，她刚到这座城市时人生地不熟，忠厚老实的男友给了自己很多爱和温暖。她说着，朝身边努了努嘴。白芳芳看到一位穿着红色羽绒服的年轻小伙子正冲她微笑。不用说，小伙子就是姑娘的心上人了。

"往年春节，因为没有找到对象，提起回家就犯愁，想回家，但又不想听父母的唠叨。今年有了男友，带他一起回家，让父母看看，最主要的是和亲人们一起过个快乐的新年。"姑娘漂亮的脸颊写满幸福。

人在他乡异地，一进入腊月，回家的念头越来越浓。白芳芳记得当年来到这个城市打工时，也和那位姑娘一样，孤独、寂寞像只虫子一样在心里爬行。那年春节，因为挣钱少，没有脸面回家见父母，只能在电话中向母亲撒谎："不回去过年了，春节加班，一天给三天的工资呢！"原想着母亲听到会很高兴，谁知，她一阵沉思后，哽咽着说："有钱没钱，回家过年。你一个闺女家挣那么多钱干吗？让你出去是想让你见见世面，看看外面的世界。记着，明年过年一定回家！"听到这些话，白芳芳早已满脸泪水。但是，她尽量控制住情绪，满口答应着："好，以后每年过年都回家！"

时间过去了许多年，就像白芳芳说的那样，不管她在外混得好不好，每年春节必定要回家。虽然一路颠簸很辛苦，但是回家的感觉却是甜蜜的。和姐姐、妹妹一起坐在暖暖的热炕头上谈谈外面的辛酸，说说生活上的乐趣，吃着母亲亲手包的饺子，听着在村子上空噼里啪啦的鞭炮声，多少温馨和幸福涌上心头。

"快了，终于轮到咱们买票了！"姑娘的说话声将白芳芳从回忆中拽回。看着她激动和兴奋的样子，白芳芳知道，家，永远是温暖的港湾。年，就像一根思乡的藤蔓，将她们这些在外的游子纷纷唤回。

《母与子》（油画）　优秀奖

周小琛　山东省日照市莒县寨里河镇中心小学

第七辑

只要付出，秋花美于二月花

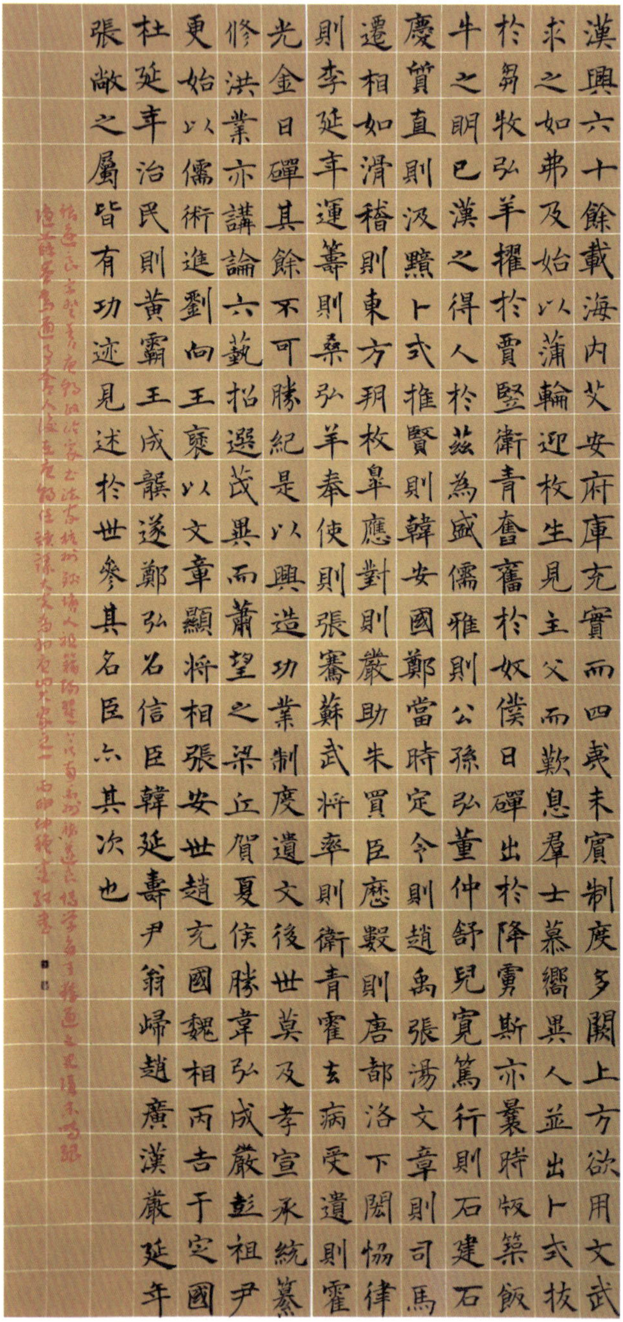

《倪宽赞》（楷书）　三等奖　陈爱红　山东莱钢集团有限公司

美，工作着的你会更美

美女如水，温柔贤惠，但不是生活的弱者。就像居里夫人告诉女儿的那样："一个人不仅要自信，更重要的是要自立。"只有丢开拐杖，破釜沉舟，依靠自己，才能打开成功之门的钥匙，成为人生舞台上耀眼的星星。

临近年终，每个人就像一只旋转不停的陀螺，总有写不完的总结，迎接不完的检查。

周日美好的休闲时光很快就结束了，等到黄昏时，杜瑶瑶才记起约好的美容护理还没去做。于是，急忙赶到美容院。

还好，还有最后一位顾客，热情的美容师招呼杜瑶瑶后，又接着给躺在美容床上的美女做护理。杜瑶瑶闲着没事，就坐在一旁看。只见做护理的美女微闭着眼睛，皮肤细嫩、光滑如同婴儿般，在柔美的灯光下显得越发细腻，虽然没有看到她的身材，但是，杜瑶瑶可以断定，她一定是位年轻漂亮的都市丽人。想想累得疲惫不堪的自己，杜瑶瑶不由得赞叹道："哦，好美！"

话音刚落，那位美女就睁开眼睛，看了杜瑶瑶一眼，笑着说："美什么呀，都一把年纪了！"过了一会儿，她的护理结束了。轮到杜瑶瑶了，她躺在床上，边享受着美容师的精心呵护，边和那位美女聊天。

谈话中，杜瑶瑶知道她和自己同龄，是位全职太太。老公常年在外做生意，她每天的生活除了给上初中的儿子做饭，整理家务外，就没有什么事情可做了。她说她很郁闷，闲得无聊。实在没办法了，就来美容院打发时间。

听完她的倾诉后，杜瑶瑶问她："怎么不出去找份工作呢？"她微微一笑："想呀，可是我能做什么呢？好多年都没出去工作了，也没有一技之长，不知道该干什么？"美女茫然地望着窗外，喃喃自语，好像一只被囚禁在笼子里的小鸟，让人同情和怜悯。

那年，杜瑶瑶在某城打工。干得好好的一份工作，竟然面临着裁员下岗。失去工作的她，就像一只离群的大雁，不知何去何从。杜瑶瑶每天把自己闷在出租屋里很少出门，除了看书玩手机外，再也没有什么事情可做了。三个月的时光如同炼狱一般，让人难熬。当杜瑶瑶第一天到新的单位报到，见到久违的办公室时，她的心也开始飞翔。

原以为，没有生活的奔波和负累，就可以歇息下来，闲着多好，其实，并非如此。杜瑶瑶能想象那位美女的孤独、郁闷、空虚和落寞，那何尝不是折磨人的一种生活。工作多好，工作能让一个人原本荒芜的心灵开满鲜花，让干涸的沙漠有了绿洲，让平凡的生活变得多姿多彩。

她们一起离开美容院时，美女告诉杜瑶瑶，她打算过几天就去找工作。临了，回头又问杜瑶瑶一句："你看我美不美？"杜瑶瑶笑笑，回答道："美，不过我相信工作着的你会更美！"

生活因为忙碌而充实

工作中的女人是美丽的，如一朵盛开的花，它展现的美丽不仅仅是色彩的艳丽、浓郁的香气，更重要的是超过其本身美丽的态度，它用一朵花的姿态告诉我们,美丽是可以宣扬的,是可以传播的。所以,人生莫闲,做一个工作着的女子最好。

田晶晶在商场购物时碰见原来的同事李姐，看着她打扮得很时尚，美美的，令自己羡慕不已。想想自己，每天忙着上下班、做饭、接送孩子，已经忙得焦头烂额，哪有时间好好打扮啊！田晶晶对李姐说：“如果能把你的日子过一天，我就知足了！”

想不到，李姐却说：“哪里呀，自从离开单位后，我就在家待着，每天除了给老公做饭，再也没有别的什么事。人一旦待久了，就会觉得寂寞、无聊，那种滋味可不好受。”

李姐的眼里透出一丝忧郁。相信,这一定是她的肺腑之言。在人生的旅途中,我们为了生计总像只勤奋的小鸟，每天挤进汹涌的人潮，为垒窝、啄食而忙碌着。很多人总希望停下匆忙的脚步，静下心来休息一番，可曾知，当我们真正停下来，无所事事的时候却最难耐。

田晶晶的父亲退休了，干了一辈子的革命工作是该安享天伦之乐了。可是，赋闲在家的父亲整日愁眉不展、沉默不语，一副失魂落魄的神情，最后还得了一场大病住进了医院。

病痊愈后，父亲和家人连个招呼都没打，就到一家公司应聘，找了份工作。

像原来一样，走上了工作岗位，父亲又恢复了往日的精神。

田晶晶楼下的刘阿姨，她家的生活条件很好，不缺钱，可是却干上了小区的保洁员。每天忙完家务，她总是把小区打扫得干干净净，还在花坛里栽上了鲜艳无比的花，给小区增添了一丝温馨。许多人都不解："享福的日子您不过，竟干这么辛苦的工作，不累吗？"刘阿姨却微笑着回答："在农村忙惯了，进了城，闲不住，得找个事做做，这样才充实。"

前一段时间，田晶晶的工作岗位被新来的年轻同事顶替了，自己被调到一个非常闲的岗位上工作。起初，田晶晶庆幸自己可以结束那忙忙碌碌的日子了。上班时，她只看看报纸、喝喝茶，原来还觉得很惬意，可是，刚刚闲了半个月，心里却像长了草一样发慌。当领导给其他同事安排工作任务时，田晶晶多么渴望能给自己安排点儿事干啊！终于，有一天，她按耐不住了，恳求领导："还是给我重新安排个工作岗位吧！"

蜜蜂在花间翩跹起舞，忙着采蜜；燕子在空中呢喃歌唱，忙着四处奔波衔泥垒窝……人生总是在忙忙碌碌中度过，生活因为忙碌而充实、快乐，所以人生莫闲。

《闲居赋》（行书）　优秀奖　金维　上海铁路局南京铁道集团公司

闲暇时，在心里种一亩田

作家三毛说，每个人心里有一亩田，用它来种什么？种桃种李种春风。其实每个人的内心，都有一块隐形的看不见的田，每个人一生都在忙着播种和收获，辛辛苦苦奔波着。

刘可馨每天上班，都要经过一片田地。无意中，刘可馨发现一小块与众不同的地，就靠近公路边。去年，别人家种玉米，而这方地却是西瓜；今年，周围的田地里千篇一律是绿油油的麦苗，而这方地里却是一垄垄整齐的大葱。那些天，生活的烦恼让刘可馨有种莫名的郁闷，每每路过，看着绿油油的葱，闻着空气中扑鼻而来的清香，心刹那间也变得怅然、舒坦。心想，拥有这块田地的主人一定是位很勤快的农人。

有一天下班，刘可馨终于见到了那块地的主人。出乎她预料的是，他穿一身运动服，50 多岁的样子，皮肤白皙，不像是长久在地里劳作的人。刘可馨看见他时，他正在地里忙不迭地挖葱。刘可馨停下车，走过去问："这个时候卖葱，一定能卖个好价钱。"他抬起头，望了刘可馨一眼，笑了笑，说："卖啥钱呀，我是闲着没事给自己找点儿活干，锻炼锻炼身体。"就这样，你一言我一语，他俩聊了起来。

原来，他老家就在附近的村上，多年前就搬到城里了。现在他经营一家汽车修理厂，生意还不错，可是，心里总觉得缺少点儿什么。想起这块让亲戚种了多年的土地，他就利用闲余时间，种上想种的瓜果蔬菜。他笑着说："我这比网上种菜实惠多了，除了自己吃，还能给亲戚朋友送点儿，这可是纯天然的绿色食品啊！”他聊得很开心，眼里流露着成就感。刘可馨静静地听着，抬头瞥见路边还停着一辆黑色的小汽车，在明媚的春光里，闪着锃亮的光芒。

能想象这样的一幕：一天忙碌完了，卸下满身的疲惫和城市的纷扰，驱车，或一人或全家或和朋友，一路疾驰来到这块自己的田地里耕作。做个勤勤恳恳的农人，呼吸着泥土的清香，欣赏着田园风光的美好，随着自己的心思种上心仪的作物，捉虫，除草，浇水，施肥，不图能收获多少，只求静享劳作的快乐。这样的生活何尝不是一种奢望？

海子在诗中写道：“从明天起，做一个幸福的人，喂马、劈柴，周游世界。从明天起，关心粮食和蔬菜……”为了生计，我们每天马不停蹄地奔波于钢筋水泥的城市中，内心难免有诸多的迷茫、困惑。

在心里种一亩田，播下希望的种子，用辛勤和快乐耕耘，收获理想的果实，也是一种幸福。

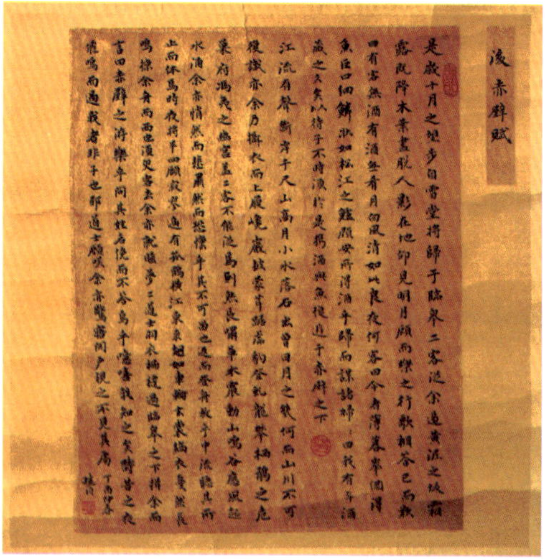

《后赤壁赋》（小楷）　优秀奖
杨晓月　山东三箭集团工会

含泪播种，含笑收获

含泪播种的人一定能含笑收获。付出总会有回报。当你用辛勤的汗水换来硕果累累时，那种收获的喜悦、成功的快感，会让你笑逐颜开。

张丽娜翻箱倒柜寻找工作中的一份资料，一沓沓装订完好的手稿映入她的眼帘。一页页，仔细翻看这些已经泛着斑驳旧痕的草稿，内心如同潮水一般，波澜起伏。

那年，张丽娜二十出头，在一个偏僻的山村小站工作。因为多种原因，单位的效益越来越不好，每月只能拿到微薄的薪水，生活过得捉襟见肘。但这份干了多年的工作，就像位相处了很久的恋人，有一百个理由离开，但也有一千个理由舍不得，所以，对于这种“食之无味，弃之可惜”的囧境，大家都在忍受，没有一个人轻言放弃。张丽娜和大家一样，每天按时赶到单位，可是，除了打扫卫生，很少有业务，很多时候，同事们都在晒太阳、闲聊以打发无所事事的时间。

那天，终于盼望到了发工资的日子，张丽娜心里异常高兴。可是，轮到她领工资时，扣除伙食费，只拿到屈指可数的几十元钱。就在张丽娜拿着那几张皱巴巴的钞票准备离开时，站在身后的老站长黑着脸，叫住她说：“小张，有一晚你忘了关灯，一直亮到天明，你想想，这得浪费多少电呀？扣你 10 元；还有，你有一次吃饭，倒掉了一碗臊子面，这不是糟蹋粮食吗？罚你 5 元！”面对蛮横无理的老站长，张丽娜无可奈何，眼泪如同断了线的珠子哗啦啦地滚落下来，手里的几张钞票也落了一地。

张丽娜委屈地打电话告诉远方的男友。男友听后，语重心长地安慰她：“别哭了，莫斯科不相信眼泪，世界上没有救世主，只有自己能救自己，没出息！”那晚，回味着男友的话，张丽娜久久不能入睡。

窗外，月光如水，照得屋子里亮堂堂的。张丽娜明白了，给自己打开一扇窗，让阳光照进来，生活岂不会灿烂一片？

于是，张丽娜开始发奋读书，重拾放下了多年的笔，开始写点儿“豆腐块”文章，试着投稿。同事们依然无所事事，在一起扎堆说笑，“穷”开心着。而张丽娜却把自己囚禁在狭小的房间里读书、写作，直到深夜。现在还能清晰的记得，那时仅有的几本文学书籍让她翻烂了，书中经典的文章她一遍遍地阅读，可以闭着眼睛说出内容，在哪一页，作者是谁。张丽娜发疯似的吮吸着知识的乳汁，除了吃饭、睡觉，就趴在那张旧桌子上读读写写。有一次，她写一篇关于母爱的文章，写着写着不由自主地想起了自己远在家乡的母亲，双眼湿润了，她不知道是自己惹哭了文字，还是文字惹哭了自己。半年过去了，投出去的文章发表了不少，稿费单也来了，虽然不多，但起码说明她的心血没有白费。渐渐的，张丽娜的文章在全国各地的报纸杂志上发表，得到的稿酬竟然比工资还高了。

有一天，张丽娜外出学习回来。老站长递给她一沓稿费单：“给，这臭丫头有两下子。”望着他，张丽娜眉毛一扬：“站长大人，比工资多了，你尽情地扣吧！”想不到，老站长没有生气，竟然诡异地朝张丽娜笑笑，投来赞许的目光。最后他还提来一瓶葡萄酒，和张丽娜对饮。原来，老站长早就知道张丽娜有写作的特长，他用另一种方式激励她去创作！

这些年，张丽娜一直在努力创作，笔耕不辍，梦想有一天像花一样开放，灿烂无比！静下心来想想，自己这么多年的辛苦付出，终于得到了回报，想到此，脸上洋溢着收获的喜悦。

夜深人静，翻看着那些熟悉的手稿，有的字写得歪歪扭扭，稿件有的是用信纸写的，有的是用白纸写的，还有的是在废纸背面写的。阅读着那些稚嫩的文字，张丽娜泪眼蒙眬，把自己感动得稀里哗啦。

“吾心似秋月，碧潭清皎洁。”只有感动自己，才能感动上帝。感动自己，回过头来，你会突然发现原来自己并不孤独。这世界，原来很有魅力，不会叫人失望。

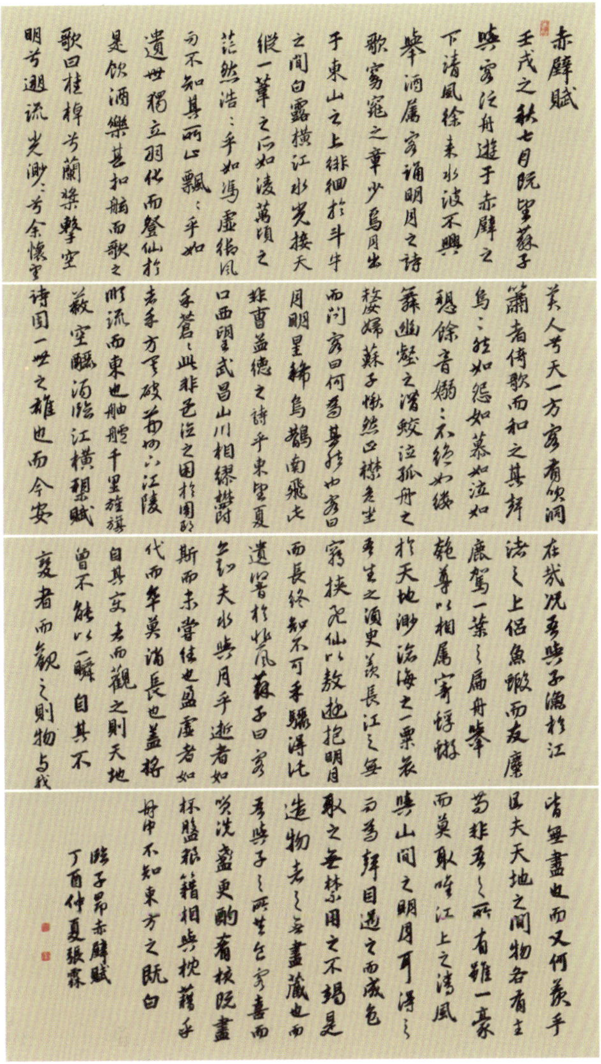

《赤壁赋》(行书)　三等奖　张霖　中国航天三江集团

生命因为挑战而美丽

“星光点燃黑夜的闪亮，彩虹迎接雨后的阳光，梦想让我爱上了飞翔，挑战让我们生命辉煌……”就像《水木年华》的这首激情昂扬的歌曲中唱得那样，生命因为挑战而绽放永恒的光芒。

周末，陶美雅带女儿去娱乐园游玩。本以为7岁的女儿对园内琳琅满目的小玩具会很感兴趣，没想到她什么也不玩，唯独看上了不远处的过山车，并嚷着要去坐。陶美雅耐心地跟孩子说：“过山车很惊险，你会害怕的。”

没想到，女儿眉毛一扬，不屑一顾地说：“我不怕，我就要坐嘛！”拗不过女儿，只能带她去尝试。那时，游人不是很多，工作人员允许陶美雅陪女儿一起玩。随着按钮的开始，过山车在弯弯曲曲的轨道上飞速旋转开来，让人头昏目眩。母女俩不由得惊呼着，特别是过山车飞速冲向一高处瞬间又快速下滑至低处的水池，一下溅得水花四溢。360度的大回转，着实让人提心吊胆。陶美雅更担心那过山车会出轨，一旦出轨，那后果就不堪设想了。就在陶美雅吓得失魂落魄时，看了看坐在前面的女儿，她则一副泰然自若的神情，面带微笑，还不停地朝下面的观众打招呼。陶美雅有些紧张，朝女儿喊：“抓牢，闭上眼睛！”

几分钟的挑战极限终于停止了。下了车，陶美雅不由嗔怪女儿：“那么惊险，看你一点也不紧张。”女儿呵呵地笑着，一副很得意的表情：“过瘾，我要的就是这种心跳和刺激！”

女儿的话让陶美雅陷入了深思。如果把人生比作一趟过山车，那么，波澜不惊、安安静静固然安逸自在，但是此起彼伏、充满挑战同样让人生变得新鲜刺激、回味无穷。

音乐才子贝多芬在事业的顶峰时期遭遇了听力急剧下降的厄运，这对于风华正茂、踌躇满志的音乐家来说，不亚于世界末日。但贝多芬进行了顽强的抗争，不仅创作了流传千古的佳作，还说出了那句传诵千古的名言：“我要扼住命运的咽喉，它决不能使我屈服。”

攀岩者明知悬崖恐怖惊险，却要执意前往；驴友们也明知山有虎，偏向虎山行，一探旅途的神奇和惊险；钢丝王子阿迪力因为挑战自己，才能享受近距离接近天堂的美妙；哥伦布的冒险和勇气，才发现了新大陆……

其实，生命的奇迹就是在不断挑战中得到超越的，在我们的生活和工作中，总避免不了会出现一些挑战。正是这些挑战，才让我们有了不畏艰险、勇往直前的斗志，充满力量，砥砺前行，才让我们的人生精彩无限。

《致敬》（油画） 优秀奖
龚笑笑 广州铁路局长沙车务段

羡慕别人，不如自己努力

无聊的攀比，笨拙的效仿，只会让自己整天活在他人的影子里。人，应找准自己的位置，选对那把椅子，走自己的路，才能活出自我。

小时候，刘思琪不但学习成绩差，且调皮捣蛋，在老师眼里是有名的刺头。

小学三年级的时候，有一段时间还经常逃学。

那些日子，刘思琪每天跟着村里几个“混混”东游西逛，竟然忘记了自己是个学生。和刘思琪同班的堂哥黑牛，每次考试在班里成绩总是名列前茅，在同学心目中以“老大”自居。黑牛和刘思琪同住一个院子。那天，刘思琪和几个小伙伴坐在家门口玩石子。这时，有几位同学来找黑牛哥一起上学去。看着他们背着书包，高高兴兴地上学的样子，刘思琪还真有点儿想念校园的时光。心想，如果有同学天天来找她，她也一定会和他们一起开开心心地去上学。

可是，这些学习好的孩子把刘思琪当成了空气，没有一个人理睬她。看着他们有说有笑地从眼前经过，刘思琪的心里很不是滋味。

晚上，刘思琪把自己蒙在被窝里流泪了。母亲得知后说：“你若盛开，蝴蝶自来；你若精彩，天自安排。如果你是一颗闪闪的星星，那么，他们肯定会在乎你的。”刘思琪虽然并未领会母亲说的话的道理，但是多少懂得了母亲的意思。重回校园后，刘思琪就像变了一个人似的，课堂上认真听讲，再也不和那些不学习只知道淘气的孩子混在一起了。慢慢的，刘思琪的学习成绩提高了。后来，刘思琪和黑牛哥一起考上了市里的重点初中。

因为喜欢文字，爱上了阅读。哥哥订阅的《读者》成了刘思琪接触到的第一本课外书。闲余时间，刘思琪总爱捧着那本书如痴如醉地读，遇到不认识的字就查字典，并用拼音标注，一篇文章看了又看，深深记在心中。可当哥哥看到自己的新书竟让妹妹画得面目全非时，就批评她说："以后别乱动我的东西！"

从那以后，刘思琪总是偷偷摸摸看哥哥的书，并立下誓言，将来一定要让自己的文章出现在报纸杂志上。

功夫不负有心人。多年的努力终于修成了正果。如今，刘思琪的文章遍地开花，好几篇还上了《读者》。她做梦也没有想到，小时候的梦想真的变成了现实。

刘思琪想起一位同事，当她说起业绩突出的小云时，就佩服得五体投地。在同事的眼里，小云简直就是她的"女神"。一次，大家小聚时，同事又喋喋不休地说起了小云，眼里放着光芒。刘思琪听得厌倦了，就说："只要努力，你同样也可以像她一样优秀，也许还会比她做得好！"

五年过去了，那位同事在职场上摸爬滚打，努力拼搏，终于闯出了一片自己的天地，晋升为公司的总经理，让人羡慕不已。

与其羡慕别人，不如自己努力。肤浅的羡慕，只会让自己整天活在他人的影子里。认清自己，找准自己的位置，走自己的道路，努力拼搏，相信，你的未来会很精彩！

只要付出，秋花美于二月花

苗云霞工作稳定，生活幸福，可是，总觉得有些平淡。于是，已到不惑之年的她搭上了岗位招聘考试这趟末班车。不图什么，只想给波澜不惊的日子投进一颗石子，幻想能漾起圈圈涟漪。

怀着忐忑不安的心情走进考场，看着身旁一张张葵花一样绽放的笑脸时，苗云霞为自己捏了把汗。年轻的监考老师轻轻递给苗云霞一份考试卷，朝她微笑："加油！"眼睛盯着那些熟悉的汉字时，心渐渐平静下来，心里再也没有那么多顾虑了，只能背水一战，全神贯注地投入到答题当中。

出了考场时，迎面碰上了原来一个办公室的老同事。苗云霞有些愕然，因为他都快要退休了，这把年纪就是考上也是秋后的蚂蚱蹦跶不了几天了啊！难道他要跟那些年轻人为了一个较好的工作岗位而血拼到底吗？苗云霞看到他的头上已经有了白发，脸上的皱纹依稀可见。老同事显然还沉浸在刚才考试的氛围中，激动地问苗云霞这道题的答案、那道题你是怎么答的。苗云霞认真地回答着他问的每一道题，他时而点头叫好："对！我也是这么写的。"时而又紧锁眉头："错了，我和你的不一样。"之后，竟跟苗云霞为各自的答案争论不休。

苗云霞和老同事边走边谈论，谈论了一会儿，苗云霞说："其实，像咱们这个年龄的人考上考不上都没什么，考不上就在原岗位上继续干，不也挺好嘛！"没想到，老同事听后，望着苗云霞说："你这观念我不认同，人要永远保持积极进取的心态。每个人都像一朵花，从春天绽放到秋天，整个过程都在努力地开放，只要付出，秋花也会美于二月花。”

老同事说话的间隙，用手指了指路旁的花。这时，苗云霞才看见一树桂花正开得灿烂夺目，鲜艳的一串红生机勃勃，还有含苞待放的菊花……空气中芳香四溢，多么美丽的秋花，给人无比的温馨和遐思。

经过严格的笔试、面试后，成绩终于出来了。大家都没有想到，苗云霞和那位老同事“击败”了很多年轻人，都被录取了。而且老同事的笔试竟然考了95分，排名第一。苗云霞为老同事感到高兴。老同事说：“不管以后如何，起码我们这些像秋花一样的人，绽放出了自己的色彩。”

齐白石57岁开始卖画，力帆集团老总尹明善55岁才开始创业，很多成功的人起步都很晚。任何时候都不要轻言“我不行”，尤其是自己惧怕的事情。人生没有起点，只有终点。有梦，什么时候开始努力都不迟。

付出总会有回报。要相信，只要努力，什么时候开花都是美丽的。说不定，一棵渐进枯瘦的老树还能开出美于二月花的秋花呢，那是一种别样的美。

《港湾》（油画）　三等奖
胡立芸　广州供电局有限公司天河供电局

有了三要素，幸福假不了

幸福生活是什么？不是满屋金银，也非衣食无忧。在梅玲花姐姐的眼里，幸福生活其实很简单。

梅玲花和姐姐聊天时，姐姐口口声声说她活得很滋润，梅玲花却不以为然。

梅玲花的姐姐是家中的老大，在他们三个孩子中数她最聪明，上学时学习成绩很好，可是她大一那年被迫辍学回家了。那时父母再也无力供三个孩子一起上大学了，得有一个辍学打工挣钱，用以补贴家用。姐姐没读完大学是他们全家人的遗憾。姐姐心态很好，也有姐姐样，她说："弟弟妹妹不读书，走上社会可能连工作都找不着，比不了我，我什么都能干！"到了谈婚论嫁的年龄，别人给姐姐介绍了很多有正式工作的小伙子，她就是不同意，自己偏偏谈了一个整日抹得油污污的汽车修理工的对象。为这，父母没少生气。母亲经常沮丧地说："哎，这娃儿命不好，这辈子就这样了吧，没辙！"

有句俗话说得好："嫁汉嫁汉，穿衣吃饭，嫁个做官的跟着磨纸砚，嫁个杀猪的跟着翻肠子。"姐姐结婚后，姐夫开了一个不大不小的汽车修配部，姐姐自然起早贪黑地跟着姐夫忙前忙后，还得照顾孩子，每天都很辛苦劳累。

那天，梅玲花和母亲去姐姐的修理部看看她那"可怜"的姐姐。她们到了姐姐的那里，刚落座，还没说几句话，就有一位顾客来修车，那时恰好姐夫不在。梅玲花的姐姐二话没说，像个男人一样趴在车身下，又是拧螺丝，又是拆卸汽车"内脏"，俨然一个经验丰富的老师傅。不大一会儿，姐姐从车身下爬出来，擦擦脸上黑乎乎的油污，拍拍身上的尘土，笑着对那位顾客说："小毛病，搞定了！"

看着姐姐脏兮兮的样子，母亲心疼地说："都怪娘没有把你供完大学，你们兄妹三个我最放心不下的就是你了，受苦了，闺女！"梅玲花的心里也不是个滋味，原本淑女型的姐姐在生活的磨砺中竟变成了"女汉子"！可是，姐姐却笑着说："我靠自己力气挣钱，没什么不好的啊！"姐姐正说着，姐夫回来了。听说姐姐又修车了，姐夫怜惜地说："叫你别干，你就是不听，等我回来再修嘛！"

梅玲花的姐姐微笑着，边洗手边说："如今汽车普及了，维修保养的客户也很多，我们每天都很忙。虽然很累，但过得很充实。"说着说着，她脱去沾满油污的工作服，漂亮的脸蛋依然光彩照人。

记得，一位爱尔兰作家提出过幸福生活的三要素：一是有希望；二是有事做；三是能爱人。以前梅玲花和母亲一直认为姐姐生活得很苦、很累，现在想想，姐姐生活得很幸福真是不假。

《等》（油画） 三等奖
郭倩 西安铁路局阎良工务段

马兰花开，像勤劳的人在说话

马兰开花了，淡蓝色的花朵散缀在青绿的细叶中间，花的气息，叶的气息，把这一方天地渲染得生机勃勃，有种婉约的美。

马兰花开在舒婉工作的药店门前一户人家的墙角，一大片，因没有围墙，过路的行人一眼就可以看到这些开得纷纷攘攘的花。舒婉没事时总会倚在药店的门口，隔着前面一条小街欣赏马兰花，起先是一朵两朵开放，没过几天，扑啦啦全绽放开了。每每看着这些花，耳边总会有一首歌在回荡："我从山中来，带着兰花草，种在小园中，希望花开早，一日看三回……"

舒婉看花时也顺便打量着花的主人，这家主人是位中年男子，穿着泛白的T恤，身子稍胖，皮肤黝黑，同事开玩笑说他像个做饭的大师傅。其实，他样样精通，院子里摆着修自行车的摊点，停着一辆"摩的"；门上还用粉笔写着字：红白喜事，拍摄录像……是的，他是个什么活都能干的"多面手"，有什么生意来他就做什么，总之，他总是不闲着的。

五月的太阳看似软绵绵的，但是已有些威力了，特别是正午时分，人们都不愿出门，因为怕晒。很多时候，舒婉在看马兰花的同时瞥见花的主人坐在院子里，精心修补着自行车内胎。他低着头，前面放着一盆水，将内胎浸到水中，仔细寻找哪里漏气，找到后老练地磨、搓、上胶，这一系列的程序对他来说是再熟悉不过了。舒婉心想，干什么都不容易啊，这么热的天，多晒啊！

舒婉隔着街道喊着对花的主人说："买个太阳伞吧，遮遮阳！"他转过头，满脸汗渍，眼角的皱纹挤成了一朵盛开的马兰花，大声道："没事的，学生快放学了，都还等着骑呢！"原来他是免费为附近的学生修车，舒婉心中不由涌起丝丝敬意。

这些天，舒婉没事就会站在药店门口张望，一半是为了看马兰花，一半是为了看花的主人辛勤劳作的样子。有同事告诉舒婉，他斗大的字不识一个，父母去世早，媳妇早些年就和他离婚了，因为他给别人干活有时竟分文不收，家里的日子过得紧紧巴巴、捉襟见肘。

一天，舒婉在药店门口和一熟人聊天。路那边，花的主人拿着相机，焦急地向她挥手，示意她过来。原来他不会删除相机里的照片，让舒婉帮他处理。舒婉很快帮他处理完后，说："我的摄影技艺也不错的。"他回答道："好呀，那你给我照张相吧，就在马兰花前。"舒婉拍照的时候，他嘴里念叨着："这玩意都买回好几个月了，还真没给自己照过相呢！"

他微笑着，身后的马兰花也在微笑着。舒婉拍好后，给他看拍得如何，他看着看着，笑了。这时他的电话响了，是接客人的生意来了。他开着"摩的"一溜烟消失在舒婉的眼前。舒婉和墙角那些马兰花目送着他。她想起小时候的一首儿歌："马兰花，马兰花，风吹雨打都不怕，勤劳的人在说话，请你马上就开花……"童谣里的马兰花一直盛开在童年美好的记忆里。

马兰花顽强不屈、无私奉献，忘我地给生活装点着一抹美丽。人生最好的状态莫过如此吧！

换一种心态，你就不觉得卑微

知足者常乐。人生在世，拥有一颗豁达开朗平淡的心，懂得知足，才是幸福的人生。

秦小柯每天早晨上班路过那条街道，不由自主地会被劳务市场里那些农民工所吸引。他们都是来自郊区有一技之长的人，男的女的，三个一团，两个一伙，站在市场里聊天，观望、询问每一个路过的人，心里巴不得马上有人雇佣他们。一旦发现有人要雇工干活，这些农民工会不约而同地蜂拥过来，争先抢后地盘问活种、价钱。在这里，无论是粉刷工、油漆工、钟点工，都希望早点儿找到活干，也许找到活干才是他们今天最快乐的事情。

秋收结束后，家里没多少农活了，来劳务市场的农民工就更多了。那时，北方的天气已有了凉意。天刚蒙蒙亮，那些农民工就站在劳务市场里，迎着凉飕飕的风，冻得瑟瑟发抖，成了这个城市里的一道风景。

黄昏时分，秦小柯带着儿子在广场里玩耍时，看到几个农民工蹬着自行车匆匆往家赶，他们的身上脏兮兮的，可脸上却洋溢着欢乐，一路说说笑笑。

每每看到这些可亲的农民工，秦小柯总会觉得自己和他们一样，很卑微。她每天也忙不迭地计算着时间，匆匆忙忙赶往单位，忙完了一天的工作后，又风尘仆仆地回家，两点一线的生活，忙碌而紧张。秦小柯的工作很辛苦很忙，没有闲暇时间陪儿子、老公沐浴户外的阳光；没有时间和亲人团聚，陪妈妈谈谈心……直至遇到那位修鞋人，才让秦小柯改变了这种想法。

那次，秦小柯去修鞋，修鞋的师傅正好要收摊回家。秦小柯三步并两步赶到修鞋摊前，恳求地说：“师傅，能等会儿收摊，帮我修修鞋吗？”

“不行，我下班了，今天不工作了，明天吧！”他的话语很坚定，然后看都没看秦小柯一眼就推着车子，嘴里哼着小曲离开了。

秦小柯从来都不会用“工作”这个词来表述自己的劳动，因为她总觉得自己从事的是社会上很卑微的一种职业——建筑女工。所以，她一直漠视自己的职业，轻视自己的劳动。她悲观失望，常常抱怨命运的不公，很少在他人面前主动提起自己所从事的职业。而那位修鞋师傅却很自信，他竟然对自己所从事的在他人看来很卑微的职业很满意，工作得很开心，生活得很快乐！

劳务市场里的农民工、修鞋师傅，他们只不过是漂泊在这个城市里靠辛苦讨生活的人，他们的自信、乐观深深地影响着秦小柯。秦小柯心想，职业没有高低之分，任何一种职业都会有人干，脑力劳动也好，体力劳动也罢，都是劳动，是劳动就得尊重；坐办公室也好，户外作业也罢，都是工作，是工作就得热爱。顿悟后的秦小柯，慢慢地喜欢上了自己的职业。

没有什么人是卑微的，没有什么劳动是应该被轻视的，每一个用自己双手创造生活的人，都值得尊敬！

《我来工地看你了》（水墨画） 优秀奖
向军 中铁十一局二公司

话有三说，巧说为妙

著名作家刘墉说："最能把话说到心窝里的，总是最能为别人设想，也总能退一步思考的人。这样的人，不但能用言语帮助别人，也能用这种方式帮助自己——帮助自己用正面思考，度过人生的苦难。会说话的人，用言语肯定别人、关怀世界，使自己看得开、看得远，交更多的朋友，也活得更快乐。"说话是门艺术，一个会说话的女人，不管在生活中还是在工作中，都会讨人喜欢，赢得好人缘。

上班时，坐在张羽对面的老刘说："小张，想跟你说件事。"张羽正忙着写份领导急要的材料，头都没抬，便随口答道："说吧！"为人低调，一向沉默寡言的老刘却格外激动："今天真倒霉，我去余慕青那办业务，想不到，她的态度非常不友好……"

"是吗？她敢这样对你？"张羽不由自主地抬头看了一眼老刘，只见他一脸的郁闷，不停地抽着烟。看来，余慕青真是让老刘生气了。张羽想起，老刘是单位里的元老，城府很深，连领导都让他三分，难道刚来的余慕青是吃了熊心豹子胆了，敢在太岁头上动土？

过了几天，张羽和余慕青聊天时，无意中说起了那件事。余慕青笑笑说："那天，我和男朋友吵架了，刚落座，老刘就来说工作。这不，他就撞到枪口上了。事后，想想也不应该这样，还想给他道歉呢！"听了余慕青的话，张羽可以理解当时他们两个人尴尬的场面。就像老刘说的那样，他是好男不跟女斗。而余慕青带着情绪工作，无意中伤了同事之间的情谊，确实得不偿失。

作为余慕青的大姐姐，张羽一本正经地对她说："对于年长的同事要学会尊重，心里有再大的不愉快，暂且先放着，切记，有话好好说，你给别人一个笑脸，会灿烂彼此的呀！"

"良言一句三冬暖，恶语伤人六月寒。"语言是思想与行为的表达，反映了人的修养、人格、品味、格调与境界。话有三说，巧说为妙。说话艺术是慢慢学的，温柔的言语会温暖他人的心，得到他人的认可甚至青睐，赢得好人缘。这个世界谁也不欠谁的，有话好好说，一点也没错。

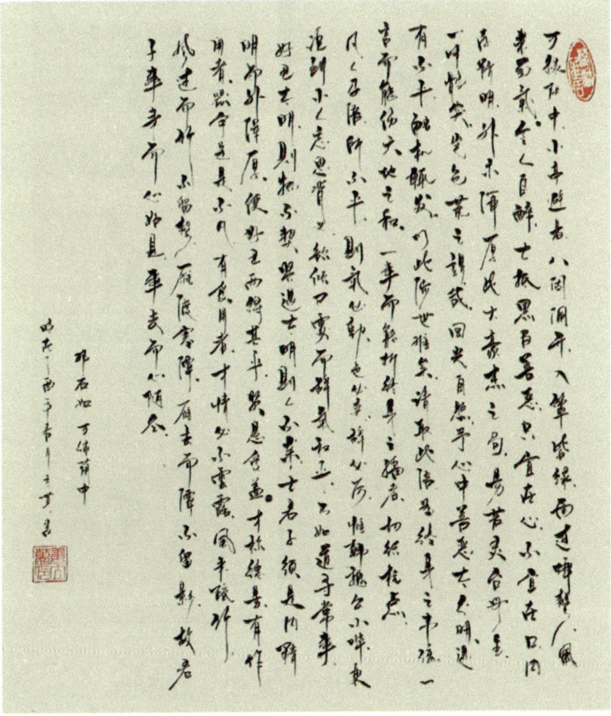

《万绿荫中》（草书）　优秀奖

姜立蕙　滨州市水利建筑安装工程处

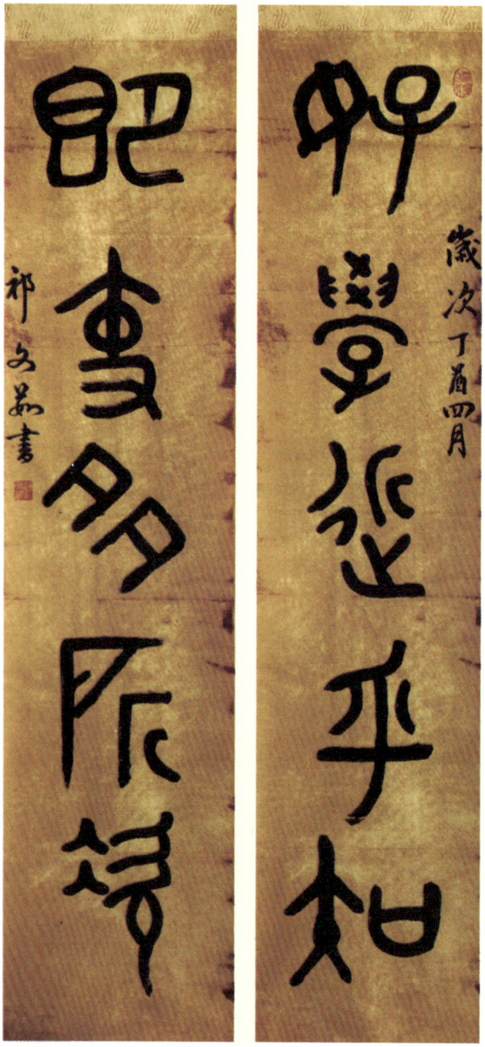

《五言对联》（篆书）　优秀奖

祁文茹　青岛理工大学

第八辑

把自己开成一朵花

《晨读》（油画）　一等奖　亓新周　南宁铁路公安局

把自己开成一朵花

女人如花，花开似梦。花有百态，女人便有千种。

印度诗人泰戈尔说：“生如夏花之绚烂，死如秋叶之静美。”总认为这诗句不是对生与死的探讨，而是对女人的赞誉。女人如花，芬芳宜人，妖娆岁月，带给世界生生不息的美和感动。女人如花，婉转妩媚，花开花落花满香，谁不希望把自己开成一朵花？

汽车一路颠簸，韩玉莹顾不得欣赏窗外初冬的风景，只感觉有些不适，微闭双眼稍作休息。直到有人喊了一声：“看，美女！”才惊醒了睡梦中的韩玉莹。揉揉眼睛看向车窗外，她发现了一朵“怪味花”——一位30多岁打扮得很妖艳的女子。

这女子穿着大红色毛呢短外套，枣红小短裙，黑色打底裤，草绿色小靴子。那种红，那种绿，亮丽得有些刺眼，这种穿着打扮让韩玉莹有些接受不了。再仔细看看那女子，矮、胖，脸上的香粉有厚厚的一层，仿佛要散落下来。在这个小山村里，女子这样的打扮的确有些耀眼，但怎么看都不是很美。韩玉莹顿时唏嘘不已，深深吸了一口气，笑着说：“哦，原来还真是个‘大美女’呀！”

车内的同事们也不约而同地笑了。韩玉莹知道，他们和自己一样在嘲笑这位打扮得不是很得体的“美女”。

这时，坐在前排的同事忽然问韩玉莹：“假如，你生活在这里，能像她这样爱打扮吗？”看看车窗外连绵起伏的山峦，蜿蜒崎岖的山路，树木掩映中的几户人家，韩玉莹一时语塞了。还别说，对于生在城市长在城市，本就漂亮的韩玉莹来说，如果生活在山村里，还真不知道会是个什么样子。于是，韩玉莹这样回答他：“我也许会是位衣着普通，勤劳能干，成了整天围着锅台、丈夫、娃娃转到黑的‘三转女人’……”说话的时候，韩玉莹看见窗外一片狗尾巴草在初冬的风中摇曳，向他们点头微笑，看起来有种别样的美。爱美是女人的天性。想想刚才那位“美女”，她虽然不懂得穿衣色彩搭配的技巧，不知道化妆化得淡雅一些才美，但在骨子里，她执着于对美的追求。

韩玉莹的母亲，和所有的老人一样，满脸皱纹，头发花白，体型早就走了样。可是，一生都从未停止过对美的追求。她一天不吃饭可以，但是不化妆不行，再忙也要穿得体体面面，风风光光出门。所以，每到换季时，韩玉莹总会给母亲买几件她喜欢的衣服，对女儿的孝敬，母亲毫不客气，总是照单全收。韩玉莹的父亲因母亲爱美，常常责怪她：“老了，穿什么都不好看了，就别臭美了！”可是，韩玉莹却不这么认为，母亲爱美，证明她还没老，历经人生的沧桑仍然保留这颗爱美之心，这不是很好吗？

韩玉莹曾见过一位粉刷女工，初识时，她穿着泛旧的蓝色工作服，白灰抹得全身都是，就连头发、眉毛上都有。韩玉莹的第一印象觉得她就是女版“白眉大侠”，甚至有些同情这位女工，怎么干这种又脏又累的活。可是，当女工下班后，洗漱一番，精心化了淡妆，换上自己的雪纺连衣裙，穿上高跟鞋，眼前的她美得让人惊艳。和女工聊天，韩玉莹才知道，她是村干部、市县妇女代表，闲下来时就出来打打小工，挣点儿零花钱。原来，她活得很充实，让韩玉莹佩服得五体投地。

一代才女张爱玲也是个爱美女子，爱得透彻心扉，无法释怀。年轻时，她喜欢穿桃红色的旗袍，她认为“桃红的颜色闻得见香气”，还喜欢那种扎眼的撞色搭配，柠檬黄、大红、葱绿、桃红和士林蓝等都是她常选用做衣料的色彩。她老了，就把自己关起来，不见外人，她可曾想过，任何一个女人都无法抗拒美人迟暮呀！直到她孤独地客死他乡后，人们从她的寓所里找出尚未用完的“伊丽莎白·雅顿”时空焕彩胶囊，这些也成就了她一生极致的苍凉美：“生命是一袭华美的袍，爬满了虱子。”

爱美之心人皆有之。女人，不管你多大年龄，无论身处怎样恶劣的环境，都应该把自己开成一朵花，尽情绽放女人的芬芳和美丽。

《江山如画》（山水画）　优秀奖

向丹　四川省巴中市巴州区鼎山中学

用自己的双手描绘每一天

日子是什么？日子不是用来打发的，而是用来过的。聪慧、伶俐的女人，懂得用自己的双手来描绘每一天，开开心心过好每一天。

日子从指尖轻轻划过，如潮水漫过双足，退却之后，了无痕迹。

日子对每个人都是公平的，正是这些看似微不足道的元素才组成了生活中的一部分，世间每个人都在用自己手中的画笔描绘着日子。

清纯如一山清水的孩子们，把日子看作一片神秘的魔术纸，用灿烂的笑容，好奇的心扉专注地涂鸦，憧憬着美好的明天。生气蓬勃的年轻人，把日子当成一块五彩缤纷的画板，他们用奋斗、汗水和执着画满对生活的热爱，对爱情的迷恋。成熟淡定的中年人，再回首，日子已成了一幅颇具成型的画卷，只需轻轻勾勒几笔，他们的画里写满为生计奔波的忙碌，此时，日子在他们的眼里是杯充满着浓浓温情的茶，回味无穷。白发苍苍的老年人，只想坐在摇椅上，细细咀嚼过去那些浪漫的事，慢慢变老，一切酸甜苦辣成了一抹过往云烟……日子如流水，匆匆过，它无声地告诉人们：青春是一种年龄，亦是一种心境。

面对眼前疾驰而过的日子，蔡馨雅想起一句话：我不是个画家，但撷取美的片刻，是我的心愿；我不是个作家，但纪录每一次的感动，是我的习惯。

蔡馨雅每每敲击键盘，书写她的文字时，心中便感慨万千。日子过得真快，一不留神就到了而立之年。以前蔡馨雅没在意过自己的日子里该填补些什么，只是一味地把日子打发在公式化的复制之中，一味今日重复着昨日，掩埋在平凡的衣食住行中，她觉得日子就是用来消磨的。

有一日，蔡馨雅抱着女儿无所事事地在街头散步，邂逅一位久违了的朋友。只见，她滔滔不绝地讲着自己开的美容店生意是如何如何的好，还准备到韩国进修学习，扩大店面。看着朋友神采飞扬的样子，气色也比几年前见面时好多了，此刻，她似乎醒悟了：有人在日子中变得睿智、从容，也有人像她一样，在日子中迷失方向。蔡馨雅知道，取悦他人，不如坚持自我。

于是，从那天开始，蔡馨雅拾起了久违的画笔，开始一笔一笔描绘她的人生之画。只想把死水一潭的日子掀起微微波澜，点亮沉闷的日子，让它鲜活起来。

蔡馨雅是快乐的耕耘者，她喜欢这样有所收获的生活。每当蔡馨雅敲击的文字赢得了读者的欣赏时，她会嫣然一笑，并告诉他们：我一直在路上。

《民族风》（装饰画）　优秀奖
何梅　重庆市回龙镇中心小学校

读书的女人最美

读书的女人最美。

古人云:“开卷有益。”读书是一种乐趣，读书能使人聪慧，读书是一条获得知识、通向真理的芬芳之路，开阔视野，丰富阅历。热爱读书的人，常常会陶醉在“腹有诗书气自华”的墨韵中，常常会沉浸在浅酌香茗回味无穷的书香里。

孟慧洁出生在北方的一个山坳坳里，那里山大沟深，生活条件很艰苦。自孟慧洁记事起，村里家家都很穷，就别说读书了。幸好，孟慧洁的父亲早年上过私塾，算是村里的文化人。父亲喜欢书法，爱好读书。家里有《农家致富百事通》《中国书法》《中国画报》等书籍，还有连环画等，有的已经泛黄。

孟慧洁在小学二三年级时就开始四处搜罗闲书看，遇到不认识的字就查字典，请教父亲。她读书上瘾，每每写完作业就躲在屋子里静静地看书，晚上睡觉前趴在被窝里也要看一会儿书……母亲是个斗大的字不识一个的农村妇女，她见孟慧洁小小年纪就这么爱读书，很是欣慰！常常在街坊邻居面前骄傲地说:“我家妞妞学习可认真了，一看起书来吃饭都忘了！”

母亲说的是实话，孟慧洁读起书来的确如此。那个时候的农村，冬天家家户户都要烧炕。有一次，孟慧洁手捧着书，边看边烧炕，由于看书入迷，不知什么时候，烧火棍烧着了都不知道，就进入了梦乡……幸好爷爷发现及时，叫醒了她，生气地说:“你个书呆子，就知道看书，差点儿把房子烧着了！”

后来，孟慧洁慢慢接触了一些名著，当然，这些书全是父亲从捉襟见肘的生活费中挤出的钱给她买回来的，有《西游记》《三国演义》《儒林外史》《红楼梦》《简·爱》《巴黎圣母院》等。因为课外书读得多，孟慧洁总是比班里的其他同学知道得多，也懂得多。孟慧洁多次代表学校参加市县举办的百科知识竞赛，屡屡获奖。课堂上，老师有时候提的问题超出了所学范围，同学们一头雾水，而孟慧洁却能对答如流，同学们见她博学，肚子里装的墨水多，都对她刮目相看。

孟慧洁慢慢长大，家里的书也慢慢增多。哥哥也喜欢读书，订阅了《读者》。孟慧洁对《读者》深爱有加，每一期都不会错过，里面的好文章她一遍遍地阅读。她特别喜欢读那些励志类的文章，读后有所感有所悟，激励自己不断上进，不断前行。直到现在，孟慧洁仍然年年订阅《读者》，就像深爱着一个人一样，不离不弃，痴心不改。

孟慧洁上高中了，学校在离家 30 多里路的县城。学校里有一个阅览室，那里藏有全国最新的杂志和报纸，还有平时看不到的经典名著。每天下午有一节自由活动课，天生喜欢安静的她便待在阅览室读书。她从不放过一次看书的机会，只要有时间，她就会贪婪地看起书来。

高三的时候，孟慧洁和几个同学联合办了一个校园文学社。但是，好景不长，由于课业负担太重，大家都忙着复习准备高考，那些爱好文学的同学也没有精力搞创作，孟慧洁也一样，心有余而力不足，报纸办了几期便夭折了。但是，爱读书，好读书，仍然如一粒饱满的种子，深深地在她心底生根、发芽，期待开花。很多次，孟慧洁梦见坐在绿草茵茵的草坪上，沐浴着柔和的阳光，闻着花香读书。

大学毕业参加工作后，孟慧洁有了更多读书的时间。她买了很多书，也喜欢上了写作。林语堂、余秋雨、余光中、林清玄……近现代著名作家的作品她都会如饥似渴地去阅读，她对阅读的感受，犹如朱自清所说的那样："缓缓地咀嚼一番，便会有浓密的滋味从口角流出。"

"博览群书添雅趣，缕缕书香胜饭香。"这些年，孟慧洁读书的体悟很多，但感慨最深的是读书时要用心，广博阅读。读书要博览群书，更要用活群书。读书要杂一些，知识面要广一些。古今中外名著，中国古代的经、史、子、集等各种专集都要读。当代图书分类中的历史类、理论类、知识类、传记类也要读。只有多看多读扩大知识面，才能充实你单调枯燥的内心，增加你的知识储备量。

当今社会，随着经济大潮的涌动，人们的心开始浮躁不安，蠢蠢欲动，闲余时间都浪费在消闲娱乐上面了。其实，只要有心仪的书籍在手，徜徉在知识的海洋中，吮吸知识的乳液，充实你空虚的生活，给你正能量，那一定是一桩美差！

读书是一种快乐，是一种享受，更是一种生活方式。生活中没有书籍，就好像没有阳光；人生中没有书籍，就好像鸟没有翅膀、大树没有了绿叶，失去了勃勃生机。在漫漫的人生旅途上，书是一个人精神上的朋友，是这个世界馈赠给你最好、最优秀的礼物。

凡俗的日子里，与书为友，以书为鉴，让一缕书香伴你入梦吧！那可真是书香如梦，别有情！

《书香女人》（水彩画） 优秀奖
葛倩 潍柴动力（潍坊）集约配送有限公司

做自己的女神

女人，要懂得疼爱自己，提升自己，善待自己，积极向前。无论是在工作中，还是在生活里，都要做自己的女神。

那年，有朋友建议吴菲菲开个博客，把她多年来见诸报端的文章传上去，也算是个整理。当她认真钻研弄好博客时，想找张自己的照片贴上去，可是找来找去，没有一张让自己满意的。看到其他人博客上的照片，不是美女就是帅哥，吴菲菲失望地把自己的苦恼告诉了朋友。朋友哈哈大笑，说："你以为那些都是他们自己的本色吗？能看顺眼的十有八九是美颜的，或在网上找的明星照，给自己脸上贴金呢！"朋友又问吴菲菲："你喜欢让大家认识一个真实的自我，还是虚幻的影子？"

吴菲菲想，那些看着光彩照人的美女照，在网上一搜一大片，可是把她们贴在自己的博客上，总觉得不妥，那也不是本人呀。吴菲菲虽然长得其貌不扬，但是有自己的特点，就像朋友说的那样，我就是我，世界上独一无二的我，我用自己的犁种自己的地，流自己的汗，收获自己的果实，我就是唯一，谁也无法替代。最后，吴菲菲把自己站在雪地里的一张照片贴在博客上，照片中的她虽然肤黑、个矮，不是高颜值的美女，但是面带微笑，认识的人一看就知道是吴菲菲本人。

吴菲菲有一位女友，从她们相识到现在，一直留一头瀑布似的黑发，长发飘飘，赢得了不少男士的倾慕。一晃，好几年过去了，女儿都好几岁了，还是那种发型，让人看了这么长时间是有些审美疲劳了。吴菲菲劝她，现在流行烫发，焗彩油，女人就要不断地改变自己，还是烫了吧！没想到，女友摇头说："我喜欢直发，烫了虽然看起来时尚漂亮，但是像我的脸型不适合。"为了赶时髦，有些女人把头发烫成波斯猫一样古怪精灵的发型，染得色彩鲜艳靓丽。女友也爱美，但她钟情于一头黑油油的直发。

吴菲菲家的楼下新搬来一户人家，男人四十好几，长得又黑又胖，天天在外跑出租。好几次，吴菲菲在院子里看见一位年轻的美女尾随男人其后，吴菲菲以为她们是父女俩，也没太在意。

后来，才听小区里的人说，那位漂亮的女子是男人的老婆。吴菲菲听后不由感叹，这不是一朵鲜花插在牛粪上了吗？这女子呀，不知哪根筋搭错了。

时间久了，吴菲菲和那位美女混熟了。有一次聊天，吴菲菲好奇地问她："你长得这么漂亮，可你老公一般般啊！"美女这才告诉吴菲菲他们相恋的故事。男人的前妻前几年得了一场重病，瘫在床上生活不能自理，男人不离不弃，细心伺候着。为了给妻看病，花掉了家里所有的积蓄，还借了很多钱。最后，妻子还是离开了人世。三年后，她就嫁给这个男人。美女说："我就喜欢这种重情重义、患难与共、有责任感的男人。"

大千世界，芸芸众生。你就是你，没有谁可以复制你，一个人只有按照自己喜爱的生活方式生活，才是真正智慧的人。也只有这样，人才能活出本色，活出自我，活出一个精彩的人生！

与自己握手言和

生活中没有十全十美，无论是人，还是事。所以，我们要慢慢接纳一切，接纳自己的不完美，向自己让步，与自己握手言和；接纳生活和工作中的不完美，心态平和，从容生活，快乐工作。

张琪在乡镇工作的时候，幻想着有一天能够进城。在她看来，城里人的生活很风光，城里人的工作很体面。通过努力，这个梦想终于实现了。如今，张琪每天朝九晚五，工作繁忙，生活紧张，这时她才发觉城里人的生活和工作并不是想象中的那样美好。

每天上班，张琪有忙不完的事务、写不完的文案。等到下班时，人早已累得疲惫不堪。晚上坐在电脑前，想写点儿生活和工作感悟，可是，直到深夜却一个字也没有写出来。张琪回想以前的生活，无忧无虑，随心所欲，生活得既轻松又快乐，很是怀念。张琪开始后悔当初的选择，向一位朋友倾诉自己内心的苦恼。

朋友听完，笑了笑，给张琪讲了一个故事。说是一个男人和僧人来到一座大山前，僧人问男人："此山如何？"男人回答道："不错，这山伟岸、高大、挺拔和秀美。"于是，男人和僧人一起上山。走着走着，男人累了，路也不好走，有了诸多抱怨。到了山顶，僧人问："现在感觉如何？"男人说："这山不好，都是碎石路，树也没长好。不过，远远望去，对面的山更好呀！"

僧人笑笑说："当你认识一个事物时，就是远看高山，眼中满是崇拜和好奇。到了山中，你看到的却是无奇的石头和树木；到了山顶，你眼中也是看到另外一座山而已。”

山没有变，是你的心变了。你的心变了，眼神就变了，没有了崇拜和好奇，山就不再伟岸。懊悔、抱怨，一直纠结从前都是多余的，一个人只有懂得珍惜现在所拥有的才会真正幸福！

张琪听完朋友讲的故事，颇有感慨。她想起自己小时候，上小学时，看到那些戴眼镜的同学文质彬彬的样子，很是羡慕。幻想着如果自己也能戴副眼镜，那该有多好啊！于是，明明黑板上的字能看见，却故意眯缝着眼睛，假装看不见。

忽然有一天，张琪真的“如愿以偿”成了近视眼，戴上了眼镜，成了梦寐以求的“知识分子”。这之后，眼镜和张琪不离不弃，再也离不开了。慢慢的，张琪有些厌倦了戴眼镜，死鱼眼，书呆子，难看，不方便。于是，张琪又开始怀念不戴眼镜的日子，如果时光可以倒流，那多好。

可是，岁月无情，时光是不会倒流的，生活也不会从头再来。过去的就让它过去吧，失去了，才让我们懂得更加珍惜现在。与自己握手言和，接纳生活中的一切吧！

《仿古巨然横山图》（国画） 优秀奖
陈海曼 湖南省石门县蒙泉镇夏家巷中学

笑看岁月无情

女人是花，绽放时花香飘逸，芬芳醉人。但，再美丽的花也会凋谢，再漂亮的女人也会慢慢老去。变老不可怕，可怕的是心老了。保持年轻的心态，笑看岁月无情，如此，你仍会璀璨夺目，美丽妖娆。

在扶贫工作中，安春妮帮扶的一户贫困户给她印象最为深刻，女主人姓赵，安春妮就管她叫赵姨。还记得，第一次去赵姨家的情景：中午 10 点多了，明晃晃的太阳都照到屁股上了，可是，赵姨家的门却还紧闭着。她们摇门敲窗，费了很大劲才叫开了门。只见，赵姨穿着拖鞋，披着一件碎花棉袄，蓬头垢面地走出来。

"这是县上帮扶你家的干部，这次来主要是了解一下你家的情况。"村干部向赵姨介绍。睡眼朦胧的赵姨不冷不热地应着："哦，好啊！"安春妮坐在院子里，和她一边聊着一边记录。

原来，赵姨一辈子没有生养，和老伴两个人生活，老伴常年在外打工，家里就她一个人。赵姨说，她现在身体不太好，年龄大了。安春妮看了看她，见她脸色晦暗、驼背、牙齿参差不齐，就像雨果笔下《巴黎圣母院》中女版的敲钟人，似乎上帝将所有的不幸都降临在了她的身上一样。

和赵姨交谈的时候，安春妮想了想说："像你家的这种情况，可以养一些鸡或者种些药材，增加家庭收入，改变生活现状。"可是，还没等安春妮说完，赵姨就连连摆手说："我老了，你看这身子骨，什么活也干不了啊！"

其实，赵姨还不到 50 岁，身体虽然不是很好，但也没达到什么活都干不了的地步。看着她萎靡不振的样子，安春妮想，赵姨这是人未老，心先老了。

每天晚饭后，安春妮都会下楼去散步，有时绕小区走一圈，有时也会去市中心的广场散步。每到黄昏，广场上都会聚集很多跳广场舞的女人。仔细看，舞者不是二八年华的年轻女子，她们大都是从工作岗位上退下来的中老年妇女。虽然时近深秋，空气中已经有了凉丝丝的寒意，但是，她们跳舞的兴致却很高，伴着轻盈欢快的音乐，面带微笑，翩翩起舞，尽情展示着优美的舞姿。尽管有人的舞跳得也不是很熟练，甚至动作还有些僵硬，但是，依然跳得很投入，沉醉其中，乐此不疲。

在跳舞的人群中，不经意间，安春妮发现了以前的同事鲁爱莲大姐。鲁姐是20世纪六七十年代的下乡知青，性格开朗，能歌善舞，逢人总会送上春风般的笑容。只见，站在队伍前面的鲁大姐穿着肉色丝袜、一身大红色套裙，踩着高跟鞋跳得正起劲，俨然一个活力四射的青春女子。

趁休息的间隙，安春妮走到鲁大姐的面前，夸赞她舞跳得好，说她越活越年轻了。想不到，一句话竟说到鲁大姐的心坎坎里，她笑着对安春妮说：“你还别说，我退休后比上班还忙了，白天除了带孙子做家务外，还要挤时间读书学习，给自己充电。晚上，我就出来跳跳舞，和朋友们聊聊天，对了，有时候，我还要参加户外活动，和大伙一起出去看看风景，散散心。对抗衰老，要么读书，要么运动，身体和灵魂总要有一个在路上。”

有一次在朋友圈，安春妮看到鲁大姐爬山的照片，她羡慕不已，急忙给鲁大姐点赞并留言：“老骥伏枥，志在千里，你真行呀，比我们年轻人还有劲头呢！”鲁大姐回她一个笑脸：“人到中年，斗志昂扬，这样才能让自己活得漂亮、潇洒！”

鲁大姐性格开朗，爱交际，朋友很多。人到中年的她在朋友眼中，还是那样美丽妖娆，潇洒漂亮，很多朋友都赞叹不已：“换片的鲁大姐，生活得精彩呀！”

时光飞逝，岁月荏苒。稍不留神，我们都会不知不觉地在时间长河中变老。人到中年，在内心安放一隅淡雅和悠然，尽享生活的乐趣，守望一季的花开。如此，安好！

你手心里有一大把幸福

“很希望自己是一棵树，守静，向光，安然，敏感的神经末梢，触着流云和微风，窃窃的欢喜。脚下踩着最卑贱的泥，很踏实。还有，每一天都在隐秘成长。”李紫涵看到这句话的时候，深感这棵树是幸福的，更为这棵珍惜现在的幸福树而欣慰。

有一天，邻居老奶奶问李紫涵：“能帮我洗件衣服吗？”李紫涵正忙着手头的事，回答道：“现在没时间！”话毕，她不由自主地抬头看了一眼站在眼前的老奶奶。她拄着拐杖，眼里含着泪水，低着头，喃喃自语：“噢，那算了！”这时，李紫涵才猛然想起老奶奶患白内障，视力不好。

老奶奶 70 多岁了，唯一的儿子把家安在北京了，老人不习惯城市的生活，不愿离开住了多年的老房子。现在家里只剩她和老伴两个人，每天老爷爷忙家务，扛着锄头下地干活，老奶奶什么也干不了，只能坐在家门口和村里的老人拉家常。儿子和邻里乡亲都劝老两口到北京去住，好有人照应，可是老人总是摇着头说：“不了，在黄土地上摸爬滚打了一辈子，还是习惯在这里生活。”其实，谁都知道，老两口不去北京是怕给儿子添麻烦。

想到这，李紫涵笑着对老奶奶说：“老奶奶，我先帮您洗衣服，以后像洗衣服这样的活我帮您干。”说着，李紫涵来到水池边，盆子里只有一件男式夹克，不用说，这是老奶奶老伴的。李紫涵洗衣服，老奶奶拄着拐杖，微笑着坐在她身旁，不停地责怪着儿子，离家远，生活也紧张。然而，言语间无不流露出对儿子的惦念。

李紫涵洗着洗着无意中发现邻居张爷爷不知什么时候站在门口听他们说话，张爷爷佝偻着身子，手里也拄着一根拐杖。听了老奶奶的话后，他走近说：“你儿子没在身边，还好有老伴在，老鬼还能和你拌拌嘴，可是，我连个拌嘴的人都没了。”

张爷爷遥望远方，若有所思。张爷爷的老伴多年前就去世了。张爷爷说：“虽然儿女们对他都很孝敬，但是，每天回到家，总觉得缺少点儿什么。如果老太婆还在的话，就好了，起码有个说话的、拌嘴的。”两位老人就这样你一言我一语地交谈着。

听着他们的谈话，李紫涵陷入了沉思。想想自己，因为工作不顺心，常常闷闷不乐。有一次，她向闺密倾诉自己心中的烦恼，闺密嫣然一笑，说：“家家有本难念的经，人人都会有烦心的事。我的小生意倒是很好，红红火火。可是，儿子的病却让我发愁。”李紫涵知道，她儿子一生下来就患有一种难缠的病，花了不少钱，看了不少医生，都没能治好。

世界上本来就没有十全十美，遗憾和残缺无时不在，也许正因为有了不完美，才更让我们珍惜眼前的幸福。

李紫涵小时候，爷爷曾给她讲过一个故事，说是一个院子里住着一穷一富两家人。吃饭时，富人家故意把大饭桌挪到门口，男人夹块肉放到女人碗里，女人斟杯酒端给男人。穷人家看见了，羡慕地说：“咱们如果像他家那样富裕就好了！”穷人家只能挤在小饭桌前吃粗茶淡饭。一会儿，男人让孩子们把饭桌挪到有阳光的地方，一会儿又让孩子们搬到阴凉处，孩子们你争我抢地干。富人两口子看着说：“咱们如果也有孩子，那该有多好！”

现实生活中，没有人面面俱到什么都拥有，拥有了金钱，也许会失去健康；拥有了成熟，就会失去童趣。人生或多或少都会有一些遗憾的事情，若为那些不尽如人意的事情而烦恼，这实在是不明智之举。

拥有的才是美好的。你所拥有的，自己看来觉得很平常的，在别人眼里也许就是很珍贵的；你所过的日子，自己觉得是很平淡的，在别人眼里也许就是很幸福的。

珍惜拥有，满满的一大把幸福，其实就握在你手心里。

《清水出芙蓉》（绵竹年画） 二等奖
何永宏宇 绵竹市孝德学校

用心享受生活中的“微幸福”

谢莹莹忙碌了一天，拖着疲倦的身体下班回家，一进家门就看见书桌上的东西整理得整整齐齐。

看着眼前摆放有序的书本，谢莹莹惊喜地问女儿：“是不是你爸回来了？”女儿看了母亲一眼，不屑一顾地回答：“没有。”“那谁整理的呀？”谢莹莹又问。“我整理的。”女儿的回答让谢莹莹意想不到，内心欣慰不已，女儿长大了懂事了，知道心疼妈妈了。看着可爱的女儿，不由得泪水湿润了双眼。幸福的感觉，顿时像汹涌的潮水将谢莹莹紧紧地包裹着。

意外接到一位远方朋友的电话，几句寒暄后，他说：“真是小气，你们关山草原旅游周开幕那么热闹，都不知道邀请我去玩玩啊？”电话这边，谢莹莹呵呵地笑着，顺口应了句：“那我现在邀请也不迟呀，欢迎你来玩！”

第二天是周六，谢莹莹没事在书房里读书，那位远方朋友的电话又来了。他说，他已经驱车到她的小城了，问谢莹莹可否陪他们去关山草原玩？以为自己听错了，又重新问了一遍，才知道是真的。朋友的突然到来，让谢莹莹措手不及。原来，幸福就是平淡的生活中，还有人在牵挂着你。

装修完房子，谢莹莹去家具城精心挑选了一套心仪的沙发。可是，卖家具的说，他们送货的车都出去送货了，你得自己雇人搬运。谢莹莹发愁了，到哪去找搬运工呀？正在犯愁呢，一位职业搬运师傅笑着迎上来，问：“小妹，需要帮忙吗？”看着他热情的样子，谢莹莹同意让他送货，并谈好了价钱，也提了一些要求。他说："你先回家吧，装上车后，我很快就送到。"

没想到，谢莹莹还没到家，师傅的三轮摩托车早就停在楼下了。他一个人费力地将庞大笨重的沙发搬到电梯上，又一件一件搬到客厅里，最后还摆放好。看着鲜亮、崭新的沙发摆在客厅里，谢莹莹高兴得合不拢嘴。原来，幸福就是生活中遇到困难时，正好有一双温暖的手伸过来帮你一把。

正想用微信联系一位朋友，她的微信却发过来了："在干什么呢？"看着那几个熟悉且平淡的问候，心间顿时荡漾起脉脉涟漪。要知道，一句简单的问候，让谢莹莹懂得，其实友人此时也在挂念着她。

幸福其实就在你身边，从未走远。骑车在路上，遇到暴风雨，撑开的伞被大风刮跑了，正尬尴时，就有位好心人捡起递到你手上；工作中，遇到一件急于要去处理的事情，可是，手头上有重要的事情一时半会走不开，这时，有同事自告奋勇去帮你处理……凡此种种，平平淡淡的生活和工作中，点点滴滴的小事情，都会让你感到幸福。

用心享受生活中的"微幸福"，虽然微小却温暖人心。

《格罗兹尼的山谷》（油画） 优秀奖
李冰 黑龙江省电力有限公司技能培训中心

沉淀在记忆深处的“小确幸”

掀开尘封中的记忆，岁月深处总有一些“小确幸”，虽然已成过往，但是依然清晰如昨，让人怀念。

夏飞雪小时候，除了一日两餐外，再也没有什么零食可吃。她经常和小伙伴们一起玩耍，饿了，这些小馋猫们想着法子弄吃的。还是机灵的小敏聪明，她把馒头切成两半，在中间撒上辣椒面和食盐。每每看着小敏津津有味地品尝“美食”时，夏飞雪和其他几个小伙伴站在一旁，目不转睛地盯着看，直流口水。这时候，小敏也会让大家尝尝的，夏飞雪慢慢地伸出舌头，轻轻地舔了舔馒头上的辣椒面，那种又辣又咸的味道真是过瘾。而调皮的男生就不同了，有人张开大嘴，说是“咬马”，一口咬下去，一个馒头就剩不多了，气得小敏哇哇大哭。看小敏制作的“辣馍馍”这么好吃，夏飞雪和其他小伙伴也学着做，那种辣辣的、咸咸的味道很是难忘。有时候，他们在一张纸上倒上辣椒面，放上盐，然后用舌头舔食，虽然辣得人面红耳赤，满头流汗，但是，心里却荡漾着甜蜜、幸福。

那时，夏飞雪家的日子过得捉襟见肘，天天吃的都是玉米面。时间久了，胃反酸，她和姐弟们早就吃腻了。母亲心疼孩子，总是变着花样给他们做好吃的。春天时，母亲早早掐回苜蓿，在锅里冒熟，然后和上面粉，给她们做绿面条。绿面条不光有一般手擀面的薄、筋、光、煎、稀、汪、酸、辣、香的特点，最重要的还是视觉上的美。这时，夏飞雪和弟弟总会狼吞虎咽地吃起来，唇齿间萦绕着香喷喷的气味，吃了一碗，还想再吃一碗，用一句陕西话说那真是：“嘹咋咧！”

一家人蹲在院子里的大槐树下，边吃绿面条，边说着村里有趣的事，吃吃笑笑，欢乐中弥漫温馨和幸福。

春夏之交，是夏飞雪一家人最喜欢的日子，不光因为春暖花开，暖意融融，最主要的是这时候山里有很多期盼已久的“珍宝”。于是，周末，趁放牛的机会，约上好友，在罐头瓶子里装上水，还有几块饼子，一路沐浴着明媚的阳光，伴着枝头小鸟的歌声，向着对面的大山里奔去。此时，山里已是绿茵茵一片了，树木早就换上了新装，山涧的泉水清澈见底，叮咚作响，草地上也开了五颜六色的野花，就像一幅徐徐拉开的画卷。

他们已经顾不得欣赏美景了，睁大眼睛，扫描着向往的果子。终于发现了，一树挂满了红珍珠一样、晶莹剔透的樱桃映入了眼帘。尝一颗熟透了的樱桃，酸酸的、甜甜的味道弥漫在口中，真是爽极了。还有“草莓”、“羊奶子”、“酸棘溜”……各种各样的野果吃得他们直打饱嗝。牛吃饱了，他们也吃饱了，那种尽情享受大自然馈赠的美食真是幸福极了。

在那贫瘠的岁月里，沉淀在记忆深处的“小确幸”，时常浮现在夏飞雪的眼前，幸福虽小，但却很难忘。

一路花开

买了城北的新房子，搬家那天，赵思雨在电梯里遇见一位中年女人，她热情地向赵思雨打招呼，说：“咱们是邻居啊，我就住你家对门，远亲不如近邻，以后有事情尽管跟老姐说！”看着她又高又胖，一副大姐大的样子，赵思雨应了一声：“嗯。”

其实，赵思雨为人低调，沉默寡言，喜欢安静，喜欢清水出芙蓉的美。觉得，自己与那位邻居大姐根本就不是同一个世界里的人。

在以后的日子里，赵思雨和邻居大姐出门坐电梯经常碰面，但都是礼貌地打个招呼。可是，大姐很热情，隔三岔五就会敲门，给赵思雨送些腌菜、牛肉之类的美食，借机和赵思雨说说闲话。

她大嗓门，说话声音洪亮，穿着不修边幅，赵思雨猜想她是个大大咧咧不太讲究生活品位的女人。但是，事实并不是赵思雨想象的那样。

赵思雨第一次踏进大姐的家门时，让她眼前一亮。屋子打扫得干干净净，地板擦得锃亮锃亮的，能当镜子照。阳台上摆放着一盆盆鲜花，有绿萝、碧玉，还有几盆叫不上名字的花，都欣欣然绽放开来，绿叶、红花将小小的屋子装扮得温馨而有自然气息，空气中散发着淡淡的芳香。赏花的间隙，大姐从柜子里取出她刚绣好的十字绣让赵思雨欣赏，说：“我知道你是搞艺术的，你看这个十字绣绣得怎么样？也属于艺术的一种吧？咱们是同行啊！”听着她幽默的言谈，本来就不会针线活的赵思雨，边看边不停地点头称赞：“不错，不错，是件艺术品，咱们是同行！”两个人不着边际地闲聊着，赵思雨不由多看了大姐几眼，心想，原来她心中装有一朵最美的生活的花啊！

清晨，很多次赵思雨和大姐不约而同下楼，她一袭紫色落地长裙，显得楚楚动人，散发着幽幽的清香。和大姐聊天，赵思雨才知晓，她喜欢跳广场舞，说起广场舞她兴奋地说：“过几天，我们要去香港参加比赛呢，得好好练习！”

与这样一位爱花的、爱美的、乐观的、友善的大姐为邻，赵思雨的生活也过得如花绽放，幸福无比。

当年，赵思雨住在乡下老家时，村里有户人家。主人是一位白发苍苍的老奶奶，儿女们都去了外地工作，平时，空荡荡的院落里只有她一个人进进出出。家里的几亩薄田也让给别人耕种，邻居盖房要多占他家的宅地，她说：“盖吧，随便盖！”老人平时很少说话，但，眉宇间透露着一种淡淡的气定神闲。

春天，陌上花都开了。老奶奶穿着棉质的长衫，独自一人去看花。在明媚的阳光照耀下，她漫无目的地走着。彼时，地里的麦子已经泛绿了，拔节似的长着，像一层厚厚的绿毯铺在地上。知名的、不知名的野花绚烂绽放，随风摇曳，空气中荡漾着扑鼻的花香。老奶奶凝视着野花，脸上笑靥如花。

其实，老奶奶出身书香门第，下乡当知青时，遇见了心爱的人，就留在了乡村。爱花的女人必定是有爱之人。这话一点都不假，老奶奶一生只爱他丈夫一个人，他们曾一起在田地里侍弄庄稼，抚养儿女，过着神仙般的生活。可惜，岁月流长，爱情短暂，丈夫年纪轻轻就离她而去了。老奶奶辛辛苦苦把几个孩子拉扯大，却再也没有嫁人。现在想起当年陌上的水桃花，感觉老奶奶就是其中最美的一朵。为了守住爱情，她宁愿孤独，也不违心嫁人；即便相思的日子难熬，也要不顾一切地爱着，直到老去。

看淡世事沧桑，繁华红尘不过是过眼云烟，心中只剩下豁然和大度。老奶奶的灵魂深处，就像陌上的花，不求大富大贵，但求平凡中不失美丽。唯愿心归自我，随风随雨亦随缘，在自己的世界里静静绽放，如同古诗所写的那样：“不要人夸颜色好，只留清气满乾坤。”看来，冬梅和春花一样美，女人的每个年龄阶段都充满着无穷的魅力。

人至老年，一切都归于平淡，心境也朴素恬淡，内敛温婉，就像那陌上的花，不浮不躁，不争不抢，最淳朴，最自然，最简单。

女人如花，一路花开，芬芳迷人！

《花海少女》（油画） 优秀奖

牛雪 山钢股份有限公司

后　记

华灯初上，窗外的喧嚣声此起彼伏，不绝于耳。

还是那张我心仪的、原木色的写字桌，还是那台用惯了的笔记本电脑，我静静地坐在那里码字。良久，有些疲惫的我起身，忽然，一股清风拂面而来，夹杂着泥土的芬芳和花草的馨香，不由让人惬意。

翻开手机，看到朋友圈里有这样一句话：“立秋了，凉风至，寒蝉鸣。立秋，只是一个节点，犹如花开忽然遭遇狂风，花瓣跌落泥土，生之壮烈不过如此。唯有珍惜现在，生命才会灿烂如花。”秋来了，真好。想想，曾经逝去的那个夏天，尽管酷热难耐，但是，有文字相伴，就像清风、阳光、空气在身边，成为我生命中不可或缺的东西。

我始终是带着一颗安静的心，细细品味生活，把人生的感触和体验变成文字，钉子一般钉在纸上。一直认为写作是谋心，因为爱，所以喜欢，才更有意义。自感自己是中了文字毒的人，就像有人爱唱歌、爱跳舞一样，沉醉其中，乐此不疲，只问耕耘，不问收获。

轻轻翻阅桌上的日历，立秋过后的节气依次是白露、霜降、秋分、冬至。日子慢慢进入了从容和淡定，燥热和浮华将会一步步远离，伴随而来的将会是沉稳、恬淡和成熟。我最喜欢的季节来了，秋高气爽，云淡风轻，最主要的是那些绚烂了一夏的花都开始谢幕了。我喜欢欣赏花开的盛景，同样珍惜花落的萧瑟。我希望，今后能以一朵花的姿态行走世间，穿过季节的轮回，在无声中不颓废，不失色，花开成景，花落为诗。

生活不止有眼前的苟且，还有诗和远方。为了寻找远方，我不知疲倦地写了好多年。爱上文字，有缘让文字驻进我的心中，滋养我的灵魂，拯救着我那曾经蹉跎的岁月，是我的觉醒，也是荣幸，更是缘分。

浸润在文字中，嗅着缕缕书香，把心灵交给文字，享受宁静的时光……此时，自感自己是个快乐、幸福的小女人。这次能为第六届“书香三八”读书活动撰写活动用书，我很荣幸，更是做梦也没有想到的事情，重任在肩，倍感压力。

虽然，这是一部带有纪实性的作品，可是，我把它作为散文来写，尽量做到事实准确，感情饱满，文字生动优美。这部作品浸润着我的心血，是我对女性人生的严肃思考。

这是一本适合现代女性阅读的书，是一本女人写女人的书，书中没有教科书式的说教，没有严谨缜密的方法论。书中融入了我对新生活的体验，融入了我对女性生命的感悟。也许，站在女人的角度看女人，会有偏爱乃至狭隘，但是，女性的视角不会偏锋，女性的情感真诚而真实。她能让人在优美的文字中，领悟女人的处事方法、工作态度、思维方式和心态信念以及情感纠葛，共同感知生命的卓尔不凡，收获灵魂一隅的安静。

最后，我要真诚地感谢著名军旅作家、中国散文学会名誉会长王宗仁先生在百忙之中挤出时间为本书作序。

文雪梅

2017 年 10 月